逆向人生

A Converse Life

行者小强 编著

北京出版集团公司
北京出版社

图书在版编目（CIP）数据

逆向人生 / 行者小强编著 — 北京：北京出版社，2019.5
ISBN 978-7-200-14991-3

Ⅰ.①逆… Ⅱ.①行… Ⅲ.①故事—作品集—中国—当代 Ⅳ.①I247.81

中国版本图书馆CIP数据核字(2019)第082519号

逆向人生
NIXIANG RENSHENG
行者小强　编著
*
北京出版集团公司
北京出版社　　出版
（北京北三环中路6号）
邮政编码：100120

网　　址：www.bph.com.cn
北京出版集团公司总发行
新　华　书　店　经　销
北京瑞禾彩色印刷有限公司印刷
*
889毫米×1194毫米　32开本　6.625印张　220千字
2019年5月第1版　2019年5月第1次印刷
ISBN 978-7-200-14991-3
定价：49.00元
如有印装质量问题，由本社负责调换
质量监督电话：010-58572393

这不是 15 个人打工旅行的故事，这是 20000 个间隔年的故事

他们肆意流浪，体验此生仅有一次的青春

他们逆风生长，长成自己想要成为的样子

——行者小强

∧

一次次突破胆小和怯懦后,我终于开始极限滑雪

>

10月蓝楹花盛开,悉尼大学宛如人间仙境

> 从你的全世界走过
摄于西澳幸运湾（*Lucky Bay*）

生命如露营时的篝火，
越旺盛，越光亮。

< 西澳调色盘——粉湖赫特泻湖（Hutt Lagoon）

< 日落下的冲浪少年

∨ 涂鸦是澳大利亚人效率最高的"工作"

八

进击的野马，不会被轻易驯服，
就如生活之于我！

夏天的圣诞节
摄于悉尼,南半球最大的圣诞树

∨

∧ 环澳路上的拜伦湾

∨ 提醒野生动物出没的警示牌

自己动手，丰衣足食

< 日落落人心，在长岛，我见证了最美日落，温暖我心

清晨、旧屋与秋

∧
拍摄照片时一个大浪袭来,镜头记录下了这性命攸关的一瞬

Accept what was and what is, and you'll have more positive energy to pursue what will be.
接受过去和现在的模样,才有能量去追逐未来。
摄于凯恩斯,双人跳伞

三十岁的梦想,是诗与生活的融合,是现实与远方的平衡

自　序

（一）行走十年

从2009年徒步桂林漓江，到2019年旅居北海涠洲岛，我行走已有10年。用"3+3+3+4+5"来标记我的经历是再合适不过了：3次间隔年，3家青旅，3本书，4次全国巡讲，5次跨界。

3次间隔年是我行走十年里特别的人生节点，有着转折性的意义。

2012年在美国带薪实习时，我还是一个学生，那时的间隔年对我来说，就是"世界那么大，我想去看看"。我看到了美国人不一样的价值观和生活方式：工作和生活分得很开、不被房子捆绑的旅居……

2014年，在辞去了桂林国旅英语导游的工作后，我去了新西兰打工旅行。我学会了开车，还赚到了10万元，但一场意外的车祸让我思考活着的意义，并找到了人生的方向：帮助他人，实现环球旅行的梦。

经历了2年零3个月的创业尝试，2018年我重新上路，去澳大利亚打工旅行。在大堡礁附近的一个孤岛遇险时，可能是对大自然的敬畏，或者是向上帝的忏悔，最终让我在海上度过了平安的一夜。这次间隔年更像是一场自我的救赎。

行走十年后的感悟：

1. 历尽千帆，归来仍是少年。从环球旅行到众筹青旅、从终南山修行到新书签售、从上综艺到跨界媒体人，我尝试了人生的多种可能性，看清了这个世界，也认知了自己。但我依然是那个中考后骑车走遍整个村镇的追梦少年，依然是那个时刻充满激情活力的"打不死的小强"。

2. 我虽为微弱尘埃，却独立于整个世界。人只是宇宙里的一粒尘埃，很微不足道，但却真实地存在着；我虽是万千世界里微弱的存在，但我不念过去，不惧未来，独立地面对整个世界，孤独且孤傲地活着。

3. 从活在自己的世界，到走进他人的世界，从我到我们。过去的10年里我想干什么就干什么，一直活在自己的小世界里，似乎整个世界与我无关。但三十而立的我，在规划未来10年时，想走进他人的世界，从个人旅行梦到帮助他人实现旅行梦，从我到我们。

单骑川藏线24天，全程无搭车

（二）五次跨界

从环球旅行者到创业者，从修行者到新书作者，最后跨界到媒体人，尝试了5种角色后，我多了一些看问题的角度和维度。

旅行是一种放逐自我的状态，追求属于自己的诗和远方。从旅行到创业，初心并不完全是为营利，而是为了更好地实现环球旅行基金的梦想。在创业的过程中，我收获了旅行之外的成长：初期创业者什么都得自己做，战略的调整、产品的打磨、运营成本的控制、品牌的推广等，任何一环的断裂，都极易导致满盘皆输。体验了各种职位后，才知道创业者的不易，也更加懂得了理解和包容。

修行是把自己放置在一个相对静止的时空，思考"你从哪里来、当下怎么过、最终走向哪里"等生死哲学问题，所感所悟往往从与大自然的相处而来。当我走出终南山时，我感悟到：有人的地方就有江湖，不分山里山外；小隐隐于山，大隐隐于市。

走向写书之路，多少有些追名逐利的成分，但我的创作有所不同，如《间隔年在新西兰》是从465篇日志和1000多张照片整理而来；《我不想被这个世界改变》是从小强环球的订阅号推文摘取而来。我不想成为传统意义上的作家，我只是想带着自己独特的视角和深入的思考走进他人的世界。

媒体人要从政治和传播学的角度看问题，找到合适的策略和路径，尽可能地实现大众传播。我想传递一些理念，如多样性的生活、多元化的世界观；我想分享一些"没有钱，如何玩转世界"的方法，如打工旅行、义工旅行、沙发旅行、打工换宿、国际志愿者、欧洲免费研究生。但我没有经纪人和经纪公司，只好自己充当媒体人的角色来传递和分享。

（三）中国打工旅行第一人？

2018年7月14日，梨视频官方微博发布了对我的采访视频——"中国打工旅行第一人：不想让家人知道，在大家看来太颠沛流离"。在随后12个小

∧

众筹青旅——香格里拉在云端

时内，15家媒体对此进行了转发和推广。

2018年11月24日，北京马蜂窝总部举办第66期"蜂尚标·旅行家"，我被邀请做了主题为"行者人生：山上隐世修行，山下打工旅行"的分享。

2018年11月28日，我做客湖北卫视的访谈节目《大王小王》，节目组把我的故事编辑整理，起名为"打工旅行那些事儿"。

在之后的《知音》杂志和中新网等采访中，我多次被贴上"中国打工旅行第一人"的标签。

在中新网的报道中这样写道："他被誉为中国打工旅行第一人，理由有四：

"其一，开放打工旅行签的国家目前只有新西兰和澳大利亚，他在这两个国家有极其丰富的打工旅行经历。2014年，他在新西兰做了16份工作，中转8个城市，寄宿过6个家庭；2017年他在澳大利亚做了9份工作，中转了9个城镇，寄宿过4个家庭。

"其二，他出版了中国首部完整的打工旅行系列书籍。2016年，西安交大出版发行了他的处女作《间隔年在新西兰》，后获'2017年十大旅游类图书'。2017年6月,北京纸磨坊公司出版发行《我不想被这个世界改变》一书,讲述的是他打工旅行后,回国创业的青春励志故事。目前他正在出版第三本书《逆向人生》,讲述的是15个打工旅行者的故事,预计2019年5月出版发行。

"其三,他在2015—2017年先后进行了4轮小强环球全国巡讲,召开分享会达132场,影响万名大学生'走出国门,走向世界'。南方科技大学、河南大学、北方民族大学、西北政法大学、广东海洋大学、北京字里行间书店、上海言几又书店、广州1200书店等地都留下了他的足迹。

"其四,他在深圳成立了小强环球工作室,免费帮助350多名中国青年人在海内外打工旅行。他分别在香格里拉、桂林、西安众筹了2家青旅和1家青空(青年空间),常年招募义工旅行者。他试图在未来成立小强环球旅行基金,帮助更多青年人开启国内外打工旅行之路。"

感谢中新网等媒体对我的赞誉,但我不会因此而影响自己对打工旅行和间隔年文化的推广。

上海 TEDx 演讲:0元玩转世界

（四）从我到我们

　　小强环球工作室虽已帮助350多人在国内外打工旅行，但是毕竟能力有限。授人以鱼，不如授人以渔，所以我希望能把"没有钱，如何玩转世界"的途径和经验分享给大家。我的计划是，在《逆向人生》出版发行后，再赴澳大利亚西海岸和中部沙漠筹备拍摄《世界中心呼唤我》的纪录片。若这种模式尝试成功，我会再制作志愿非洲和欧洲打工换宿的图文、音频和纪录片。

　　过去10年里，我环球旅行、众筹青旅、赴终南山修行、进行全国签售等等，更多的是活在自己的世界里，肆意生长，长成自己想要的模样。未来10年，我将试图走进他人的世界，从个人价值到社会价值，从我到我们。

　　《逆向人生》是从我到我们的一个开始，原计划写自己在澳大利亚打工旅行的故事，但考虑到每一个打工旅行者都有自己的故事，那何不把他们的故事收集在一起，一起来实现写书的梦呢？

　　此后，我的角色从作者转变成了统筹全局的编者，经历了招募作者—筛选故事—梳理框架—整体修改—润色加工—评定文章等流程，从77名打工旅行者的作品中抽选15篇，创作历时共计7个月。

感谢参与创作的77名打工旅行者以及摄影师阿七！
感谢本书编辑组的成员：杉木、邓婷、倪明、玥燃！
最后，感谢北京出版集团的出版！

目 录

三十而"走" /25

别慌，如果你也一个人 /35

跪了，给辣椒跪了 /48

心怀恐惧，却依然向前 /59

在南半球雪场泡咖啡是一种怎样的体验 /71

人生如棋，落子无悔 /80

放羊少女的梦想清单 /91

南太平洋上的飓风逃难记 /104

异乡人的周末时光 /126

爆炸头的环澳笔记 /135

间隔年，职业规划路上加速助跑的一年 /145

间隔年后的刺痛——从哪里来回哪里去 /153

被拓宽的眼界，是垫脚石还是绊脚石 /164

有多少人在迷茫后找到人生的灯塔 /176

澳大利亚打工旅行，你确定要来吗 /185

访谈录 对话行者小强 /193

读者来信 回到原点，人只能做自己 /198

附录 澳大利亚打工旅行签证申请及工作信息 /202

三十而"走"

——曾伊娜

娜娜,生于1987年,双子女。就像双子的星座标签一样,她是个矛盾综合体:新闻系毕业却在国企任职5年;喜欢体验生活,人生轨迹里却没有一次打工经历;酷爱文学艺术,最后却走上了创业之路;天生一颗叛逆的心,却臣服于循规蹈矩的生活模式。

"好羡慕你啊,哪来的勇气说走就走?"
"不会想家吗,不会想父母吗?"
"还会回来吗?准备在那儿结婚生子吗?"

"怎么不早说啊！我一直想去国外生活一段时间，早说就和你一起去啦！"

在我决定去澳大利亚打工旅行后，这些声音一直环绕着我。是的，我身边的朋友大多已经成家立业，少部分甚至拥有了自己的公司。三十而立，生活里的一切看似游刃有余，可我们这代"85后"的内心深处，始终酝酿着这样一种不安分的想法：现实和梦想可以同行吗？

2009年，我上大三，在一次云南之旅中听闻了打工旅行间隔年。打工旅行的概念让我欣喜若狂：青春初始，没有学业压力，没有工作负担，仅凭一己之力就能去国外流浪，体验从小就向往的异国生活，岂不乐哉？此后，我便不断地打听打工旅行的消息：听说那个名额非常难抢，每年只开放一次；听说中国大陆只有5000个名额，抢的人却有20000个之多；听说可以找人帮抢，但至少要花5000元；听说英语不好只能找黑工，工资会被拖欠甚至克扣……

听说，听说，听说，一连串的听说熄灭了我心中那团热火。多年以后我时常会感慨：如果年少的轻狂能不被"听说"捆绑，现在的我，会不会活出哪怕一点点自己想要的样子。

8年后的末班车

那是一个阳光明媚的午后，三五好友的下午茶选在上海外滩最高的露天西餐厅。

"今天我做了个特别重大的决定，为了他，我决定放弃已经抢到的打工旅行名额了。"时隔8年，在好友F的口中，我竟然又一次听到了这个让我热血沸腾的名词——打工旅行。

生于1987年的F是个诗人，当然，诗人只是她的副业。F的主职是商业文案，是个有梦想、有情怀的女生，她的职场生涯倒映着我的影子，骨子里的叛逆也与我如出一辙。F曾在加拿大留学，因护照丢失没能完成学业，她一直把这件事看作人生的耻辱。

"在加拿大就听说打工旅行了，刚好在网上认识的一位'大神'帮我抢到了名额，不过最终还是逃不过女人的宿命啊！"F云淡风轻的调侃却勾起了我心里的那团火。这8年间我看似安安稳稳地工作、循规蹈矩地晋升，但对自由的向往、对异国生活的好奇无时无刻不牵动着我的心。这次，一个活生生的成功案例摆在我的眼前，没有给我任何"听说"的机会。

F说，澳大利亚打工旅行签证每年对大陆开放5000个名额，抢名额的难度比新西兰低得多，可对互联网"菜鸟"来说仍颇有难度。可是打工旅行，我已经等了你8年，这一次我决定不再等待。

我开始疯狂搜索有关打工旅行的一切：豆瓣、贴吧、QQ群、微信群、淘宝……我用了3个小时便搜集到了有关签证的大部分信息，还找到一篇非常详细的攻略，一步步地教我们如何用最便捷的方式抢到名额。

这无疑是一剂强心针，当年不可逾越的名额限制的鸿沟，眼看就要在飞速发展的网络时代轻而易举被跨越了，一切都似乎触手可及，除了"雅思4.5"。对我而言，这是如晴天霹雳般的一条限制，虽说雅思4.5分只相当于大学英语四级的水平，可毕竟8年没碰英语了，现在对英语生疏了许多。难道这条路本就不是我该走的？

那时的我还在工作，并没有多余的时间和精力报班学习。年龄越大，顾虑越多，就越失去放手一搏的勇气。我和自己立约：一个月的时间边工作边复习，不报班不请假，如果可以通过雅思，就孤注一掷圆这十年的梦，反之，就让一切随缘。

当我在查询电话里听到自己雅思分数的时候，兴奋和激动如同决了堤的洪水，止不住地向外涌。那一刻我似乎已经看到了澳大利亚的农场、蔚蓝的黄金海岸、飘香四溢的咖啡厅和走在路上的自己。很多时候你不去尝试，机会就永远不会对你伸手。努力过了，至少不会后悔，就像我马上就要开启的打工旅行。

就在拿到雅思成绩单后的第二个月，澳大利亚开始发放2017年第二批打工旅行的名额。2017年7月31日11：20，这个顺利抢到名额的时刻被记录在了我的打工旅行纪念册里。

晴天霹雳

8月8号，我特意向公司请了半天假，拿着辛苦准备好的所有材料信心满满地走向澳大利亚签证中心。回想这一路，从"听说"到深入研究，从考雅思到抢名额，一切都异常顺利，可总觉得哪里不对，究竟是哪里不对呢？这么想着，我习惯性地拿出手机，再一次确认递签时间，却发现递签时间竟不是今天，而是整整5天前的8月3号！

"嗡"地一下，我脑袋炸开了锅：怎么办，这名额过期了能补签吗？如果补不了还能再申请第二次吗？第二次申请不到怎么办？好不容易考出雅思成绩，我的年龄也接近限制了，难道上帝是想用这样的方式告诉我这是条错误的路吗？我面色苍白、心跳加速，脑中回荡着一百个问题，忐忑不安地走进签证中心，最后只得到了工作人员那句冰冷的话："很抱歉，没有办法补签，你只能重新抢名额再来递签。"

盛夏的北京酷热难当，我的前额却冒出了丝丝冷汗。递签没有成功是因为我粗心搞错了时间，我终于明白为什么F会把丢失护照看成人生耻辱，这一刻我们有了共鸣。越是在乎的事，越容易出错，好事多磨大抵如此吧。

好在上帝并非要关上我的梦想之门。2017年的第三批名额毫无征兆地在2个月后开放了。这次一切顺利，递签、体检，我定了无数个备忘闹钟，终于在2017年11月9日正式收到了过签函。

一切准备就绪，我背着父母悄悄辞去了工作，因为这本来就是一件只属于自己的事。从前我有说走就走的勇气，却没有底气，而现在，10年的工作让我积聚了足够的底气。11月的澳大利亚正春暖花开，我开始关注前往悉尼的机票。

俗话说：造物弄人。我从前对此不屑一顾：若不想做一件事可以有一百个借口；想做一件事，只需要一个念头。然而一个电话，彻底改变了我对"造物弄人"的看法。

创业？出国？

她是我最好的朋友，她知道有关我的一切，当初是她鼓励我坚持自己的梦，也是她陪我顺利考过雅思。这样的她，在万事俱备的那一刻，却给了我一阵"西风"："想不想和我一起创业？"

她是一名设计师，她描绘的创业理念有资金、有想法、有蓝图，足以让每个投资人心动。

"为什么找我？"

"知道你最擅长市场，更知道你一直想拥有自己的事业。这个项目，没有人比你更合适。"

年近而立，事业于我而言，是这个年龄段必须去思考的东西。它不光是世俗的循规蹈矩，更是我精神世界的基石和安全感的来源。我希望自由自

·逆向人生·

∧

是现实支撑了你的梦想,还是梦想支撑着你的现实?

在地生活，更希望这份自由自在是有底气、有意义的，不需要畏惧将来。

"我知道这让你为难，可人生总是在选择中更接近完美，问问你自己的心，到底更想要什么？"

我的要害，她总能一击即中。没有人比我，或者说比我们这代"85后"更渴望拥有真正属于自己的事业。从为别人打工转型到为自己奋斗，这个创业项目无疑是最好的摇篮！

我又陷入了两难。我问了所有的朋友，支持打工旅行的寥寥无几。他们说，机会转瞬即逝。爸妈就更不用说了，之前我的辞职已经足够他们念叨半年，30岁不结婚生子却选择打工旅行，他们觉得我疯了。

那段时间，我是真的快被自己的纠结折磨疯了，直到我听到了这样一句话："如果我提议的论点是既快乐又健康的，为什么不能两个都有呢？为什么要舍一取一呢？"

这句话出乎意料地融进了我心里：奢侈的梦想和现实的梦想为什么不能两全？我竟忘了从下签之日到出发截止日有整整一年的时间，我的签证到2018年11月才算过期。也就是说，我还有一年的时间为梦想助力。

创业之路虽然艰辛，一路却得各路贵人相助，累并微笑着，痛并快乐着。

2017年我三十岁，2018年我三十一岁。年岁的增长于女人而言意味着容颜衰老，芳华不再。三十岁的危机，更是每一个女人无法逃避的现实。三十岁的女人应该是什么样子？我身边的好友多已为人母，朝九晚五，相夫教子；更有甚者爱情事业双丰收，在自己构建的小小城堡里，年复一年。可当谈及梦想，她们总是一笑而过。

梦想与现实

　　人们总是习惯性地认为，年龄的限制催人结婚，容貌的限制逼人认命。尤其在中国的传统文化里，"量力而行""人贵有自知之明""什么时间做什么事"，这些约定俗成的格言，让中国人习惯了含蓄内敛、按部就班地生活，也错过了许多意料之外的人生。

　　没有人比我更明白梦想是怎样被现实一点点地吞没。这一年的创业比过去十年更靠近现实，可那个规划许久的梦，却比过去十年更容易放弃：业绩不理想的时候我问自己，你忍心就这样放弃？业绩日渐起色时我又问自己：你舍得已有的成果吗？离开你，她能守住你们共同打下的江山吗？一年后，你还有精力创业守业吗？

　　当人们想做某件事却心生畏惧时，年龄总是会成为很好的借口，甚至对于许多人而言，三十岁就是一个分水岭：女人过了三十岁就老了，男人过了三十岁就要安稳了。我的确无法像二十岁的孩子们一样大呼自由，十年的社会阅历让我感悟到自由背后的担当，可我也不忍当某天回望时，自己的人生轨迹里有一点点错过。在焦虑与洒脱的纠缠中，在梦想与现实的碰撞中，我步履蹒跚地走过来了。

　　2018年年底，我们的创业项目于北京开设了分店，或许就在同一时间，那些担心对我来说都是多余的了。并非因为那看似成功的创业让我无畏将来，这些心理转变没有一句名言的启发，没有一个华丽的转折，甚至没有一个具体的节点，我只知道自己正在快速成长，是越来越自信、越来越从容的笃定让我一往无前！

　　女人啊，当你突破对容颜不复的恐惧，或许才能寻到属于你梦想的真谛。花开蝶自来，三十岁才配得上女人这个称呼，三十岁才是一个女人芬芳

·三十而"走"·

之旅的开始。

　　也许你还会问,对于我这个大龄女的打工旅行,父母最终是什么态度呢?我自知无法用言语说服老一辈,唯一的办法就是让他们看到我的成长,看到我有养活自己的能力。父母最终还是希望子女能过上自己喜欢的生活,哪怕这种喜欢与他们不同。

　　2018年10月,我买下了一张11月3号从上海飞往悉尼的机票,这段奔赴异乡的寻梦之旅对我来说似乎晚了十年。我妈经常抱怨,说我总是三十岁做二十岁的事,二十岁做十岁的事。那又怎样?是谁定义的二十岁应该如何,三十岁又应该如何?

　　买下机票的那一刻,我的生命似乎又迎来了新的春天。未来会怎样我不知道,但至少这一刻,我让梦想和现实同行了。

创业之果

∨

TIPS

廉价机票购买攻略

▷ 关于亚航

- 亚航（Airaisa）为廉价航空，在中国国内没有直接到澳大利亚的航线，只能从吉隆坡中转。
- 国内可以在天津、广州、成都、杭州、桂林、海口、深圳、香港、澳门乘坐亚航的国际航班到达马来西亚的吉隆坡，然后从吉隆坡到达澳大利亚的墨尔本、珀斯、黄金海岸机场。

▷ 注意事项

- 如果有澳大利亚的签证，那么可以在吉隆坡的亚航机场申请过境签，可在马来西亚停留120小时，费用为免费。
- 关于转机，最好预留3小时以上的时间，以防意外事件发生。
- 黄金海岸的机场是Coolangatta Airport，不是布里斯班机场，两者之间可以坐汽车转火车到达。
- 亚航的行李托运是收费的，最好将行李压缩打包，带上飞机。

▷ 机票购买技巧

- 在亚航的网站上注册会员，登记自己的邮箱，会收到亚航的促销邮件，但是信息经常会滞后。
- 自行搜索，经常去亚航的网站上看看，搜自己想要乘坐的航班。
- 偶尔网站会放出0元机票，只需要另付机场税等费用。一般0元机票在出发时间的半年前放出，但能抢到的人寥寥无几。
- 亚航的机票是不能改姓名、航线的，可以更改乘坐时间，但是需要付手续费（每条航线不同）和改签机票的差价。

别慌,如果你也一个人

——孙静文(*Tina*)

> Overthinking(忧思过度)背包客,准"单身大龄女青年",单枪匹马杀到澳大利亚开始一场有所希冀的打工旅行,得到了独立生活的坚强和底气、追寻自我的信仰和决心,最终放下了"大龄单身"的人生伪命题。

大学时,偶然从网上得知了打工旅行签证(Working Holiday Visa,简称WHV),既能快速赚钱又能肆意旅行。从那时起,我心里就埋下一颗种子。毕业后在外贸行业做海外销售的那三年,被官僚派领导和欧洲客户虐了千百遍，仍要挣扎着待其如初恋。那时的我又困于遥不可期的异地恋，迫切地希望来一次间隔年的出走，想要强行给生活做一些质的改变。澳大利亚打工旅行签证恰好在这个时间开放，我决心放下一切走出去看看这个世界，也许人生就会从此改变呢，也许这是一个事业的转折点呢。

一路开挂的打工之旅

来澳大利亚之前，我从没想过自己竟误打误撞地在25岁这一年实现了月薪超3万元人民币的小康生活，这一切还得从头说起。

结束了在悉尼第一站勤勤恳恳的打工生活后，我迫不及待地飞去了阳光之城布里斯班，打算深度体验东海岸的度假热情。周五的晚上，我和土生土长的布里斯班女孩们一起去感受了一把年轻人疯狂的"串酒吧"，从家中小酌到各式气氛火爆的酒吧街，一路狂欢到凌晨。第二天一早，大家在青旅公共厨房闲聊接下来的计划，女孩们越聊越激动，最后一拍即合，决定下午就坐上长达17个小时的连夜火车，前往昆士兰小镇埃默拉尔德（Emerald）。

原因只有一个——我们偶然在网上发现那里有一个葡萄农场急需招人，而这个小镇恰好又满足二签工作地区的要求。也就是说，如果能够在那里从事农场工作，就能得到在澳大利亚打工旅行的第二年机会。

于是，几个女生仅仅用了一个小时就打包好了行李，退房、订票、出发。只能说，对于下定决心要出发的人，什么都不是问题。虽说前路未卜，但我们也没有什么可失去的。反正来就是为了体验，为什么不豁出去试试呢？总归是要亲自感受，才会得到属于自己的那份惊喜或者教训。

然而不幸的是，刚到小镇第二天，斗志满满的我们很快就被农场恶劣

在鱼市劳动,在集市丰收

的工作环境和可怜的低薪打回了原形。不甘就这样放弃的我们,开始认真寻找更好的二签工作机会。从方圆500公里以内的小镇开始,到昆士兰地区所有的农业重镇,乃至最后我们整理出了一份全澳农场工作的联系名单。最后,也许是上天被我们的努力感动,大家成功进入了"澳大利亚富士康"——整个澳大利亚最大的橘子包装工厂。

工厂需要将大量从农场拉来的新鲜果子筛选、打包、装箱、发货。在橘子采摘的旺季,我曾经整整一个月没有休息,每周起早贪黑超过80个小时地连轴转,在高速的流水线上按照四级筛果的标准,飞快又准确地将不同品

·逆向人生·

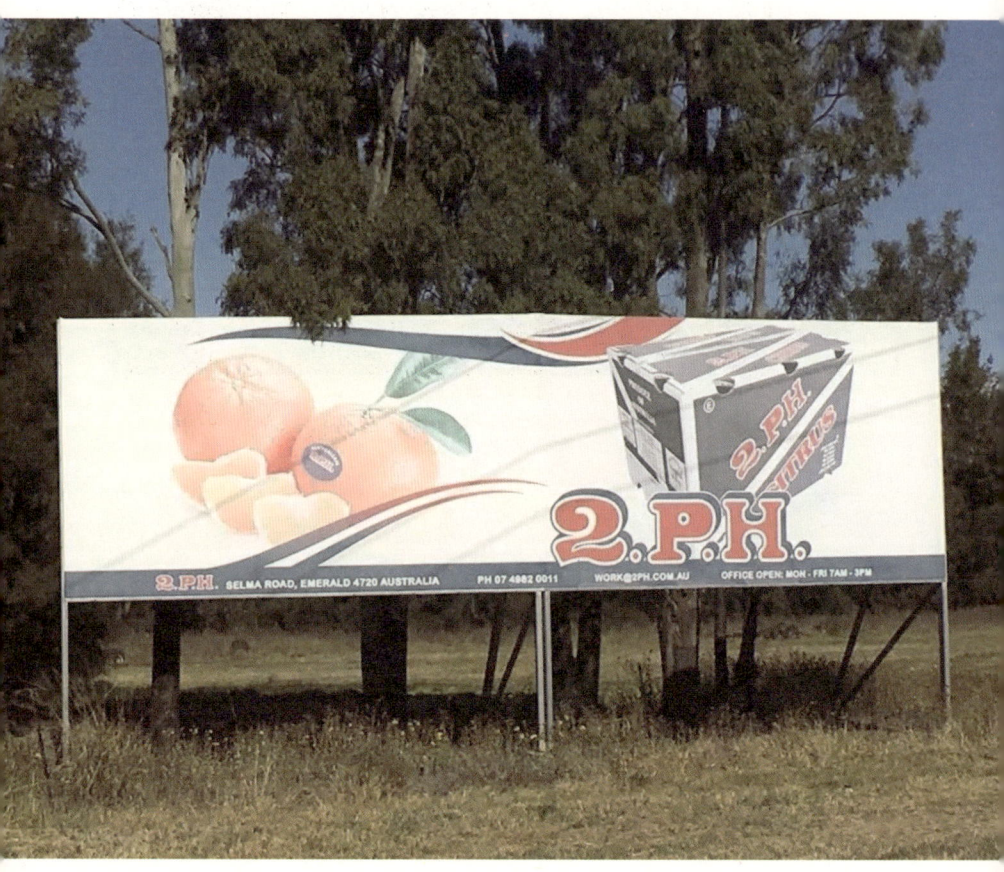

传说中的"澳大利亚富士康"——橘子包装工厂 2.P.H.

类的橘子放置到不同的传送带上，为此也练就了也许这辈子再也用不到的超快挑果手速。最后，在拼尽全力终于完成3个月工作时限的要求后，我也收获了近十万元人民币的血汗钱，成功地拿到了二签。

后来在网上，我把小镇和工厂的详细信息分享了出去。从此，埃默拉尔德迅速成为一个年轻人打工旅行的二签聚集地。

常有网友会对我三连问：你是一个人去澳大利亚的吗？你居然做了这么久、这么累的农场工作？你一个女孩子家干吗要那么拼呀？

其实来到澳大利亚后，不乏生活琐事和工作强度上的挑战，逼迫着我要在短时间内适应、快速冷静地做出决定，同时也为自己的选择买单。最重要的是，当自己清楚想要什么和为什么去做时，改变和成长就变得自然而然。而所有这些，跟我是不是一个身高不到一米六的小女生、是不是近三十岁还未婚都没有任何关系。在人生的长河中，永远不迟的就是敢于直面自我和找寻热爱的成长，有了这份独立生活的底气，就算流浪到这世界任何一个角落，我也可以把自己照顾得很好，为生存拼命赚钱、为喜欢谨慎选择，过自己想要的生活。

打工旅行教给我的，远远不止这些。

记得为自己放慢脚步

那是我来到澳大利亚的第112天，他说："我觉得现在我们之间的距离好像越来越远了。"

我强作镇定："那我们来想想以后吧。"

电话那边沉默良久，到最后只听到："对不起。"

我坐在汽车旅馆房间门口的木梯上，一抬头就能看到璀璨的星河。可我当时只觉得视线模糊，眼睛里装不下任何美丽。异地恋在我来澳大利亚这一年变成了异国恋，终于，因生活轨道越来越远而画上了句号，没有夸张的故事，没有歇斯底里的情绪，只是好像两个人的轨道曾经相遇，交错后却再也无法并行了。

在此之前，我最向往的生活就是在间隔年完成后，回国踏踏实实地和家人一起过平淡的日子。但生活并不总是如你所愿，人也会渐渐改变。这个时候的我，面临着尴尬年龄时的分手，父母也为我回国后的事业、婚姻等问题操心，我突然觉得自己对未来生活的设想就此坍塌，瞬间失去了努力的方向。

间隔年的迷茫就这样没有防备地来了。我只能先给生活按一下暂停键，去悉尼瑜伽修行所过了一段完全无信号、无网络的山野生活。

瑜伽修行所坐落在红树湾（Mangrove Creek）悬崖峭壁下的一处开阔的平地上，整个环形的纯木屋建筑是志愿者前辈们亲自设计和建造的。日出而作、日落而息，在没有被网络信号覆盖的地方，每天的时光都被拉得很长。

元气满满的一天，从清晨的瑜伽形体课开始。上午我会帮主厨准备午餐的食材；下午打扫客房，去菜园播种、除草；晚饭后大家围坐在一起进行冥想练习、学习古乐器，或者安静地看一部关于信仰的电影。

除了每天的日常工作，我们的快乐源泉就是与来自世界各地的志愿者们的聊天了。

志愿者们住在半山腰的森林木屋里。没想到在这里，我竟遇到了一位和我一样的国际失恋友人。德国志愿者女生朱莉娅，结束了与前男友几年的感情后来到澳大利亚，开始了自己的间隔年，那时她29岁。来之前，她狠心地剪掉长发，从一个金发女郎变为一个留着板寸的呆萌"帅小伙"。她说，她就是不想让别人只看到她的美丽而已。

快到三十而立之年,朱莉娅曾在毒药爱情中失去自我,但在清醒之后,她仍然期待着真爱和长久恋爱关系。我好奇地问她,为何是长久的恋爱关系而不是婚姻呢?

她有些惊讶地回答说:"无论到几岁,都不需要以婚姻为唯一目的而开始一段感情啊!遇到一个能一起开心度过几年时光的人已经是很幸运的事

秋意正浓

了，人生那么长，想要去做的事情还有很多，未来的缘分就交给以后吧！"

对啊，人生还有那么长，爱情从来都不是生活的全部，总习惯将情感寄托在他人身上，只会给自己强加对婚姻的焦虑和慌张。从某种意义上来说，自我价值的认同才是让人最有安全感的存在，爱情则更像是锦上添花。

极简的瑜伽生活方式和冥想练习逐渐把我拉回到自我本身，时间不再被手机占据，逃离了社交媒体的狂轰滥炸，我也有更多的时间静下心来，重新思考自己的未来。

为热爱的生活值得折腾下去

在打工旅行的路上，与五湖四海的人闲聊时经常会被问到这么一个问题——你在国内是做什么的？我通常会回答，在外贸行业工作了三年。一般对话到这里可能就岔开了，不过有一次，一个偶识的英国阿姨追问了下去。

"是你自己的公司吗？"

"不是。"我回答。

"那是你父母的公司吗？"

我再次摇头。

她一脸诧异地问："你已经读了四年大学，为什么还只是在一个公司里做职员呢？"

我只能解释说，我的公司在行业内数一数二，平台高、发展机会多，在中国已经算是比较好的工作选择了。

但她仍然表示不能理解，因为她接触的大多数年轻人是不可能一直在别人的指挥下做事的，他们会按自己的想法选择自己的事业，或者是继承家族的生意。所以她很想知道，中国的年轻人最后都会做怎样的选择。

·别慌,如果你也一个人·

∧
在一起

这个话题可谓是触到了"90后"这代年轻人焦虑和慌张的痛处。在自己擅长并喜欢的领域打拼固然是很好的，但创业并不是每一个人的最优选择。国内行业内的激烈竞争和巨大压力往往需要强大的心脏和毅力才能勉强撑过。如果没有选择在传统行业的稳定工作，还有可能会背上"不务正业"的世俗质疑。

但选择权终究掌握在自己的手中，当时作为一个餐厅兼职女服务员的我，着实不能为这个群体代言。我只能回答说，每个人都会有不同的选择，虽然现在我还不知道以后会从事什么，但我仍在努力寻找和探索中。

这位温柔的老太太最后送给我的建议，我一直都记在心里：当你在纠结一件事该如何去做时，不要听别人说，要亲自去体验和感受，要给自己时间去寻找，找到了就坚持下去，用自己的亲身感受去衡量这件事情的乐趣和幸福，而不是用他人或者世俗的标准。

这也让我想起了在公路旅行中遇到的迈克尔大叔，他在墨尔本土生土长，却远离家乡在北领地经营起一家公路小酒馆。十年时间里，他热衷于收藏和展示世界各地的过路客为他留下的纪念品，每天都期待着新的旅行者带着故事到达。荒漠物资缺乏、四季炎热，这看上去当然不是一个完美的事业，但却是他自己切切实实的选择、真真正正的生活。人生充满着

·别慌，如果你也一个人·

迈克尔和他的荒漠公路酒馆

这么多不同又有趣的可能性，跟金钱或许没有多大关系，但却关乎内心和热爱。

在澳大利亚的第一年，我尝试了很多在国内可能不会也没机会去做的工作：在餐厅里端盘子收银、在皇家嘉年华秀上做吉卜赛人射箭游戏摊主、在巧克力作坊为有爱的人准备节日礼物、在农场给比我岁数都大的葡萄藤蔓卷枝……在不同行业尝试的新鲜感很快就会过去，积累下来的也更多只是生存上的经验。于是打工旅行的第二年，我开始有目的、有方向地进入一些在未来可能会从事的行业内学习。

喜欢旅行和写游记的我，从私人旅行定制师和国内旅行平台的攻略作者做起，根据我走过的路设计出澳大利亚的小众旅行线路，发布了许多第一手攻略；澳大利亚代购也让我积累到了相当丰富的产品知识，我很快进入到一个兼职的专业全球购淘宝主播角色中；揣着做一名专业摄影师的野心，却没有与之匹配的实力，但这依然不妨碍我组织一些欢乐的随意拍活动，为朋友们免费拍片、修图。

我尽可能地去折腾我喜欢并感兴趣的事，这一路可能漫长、可能穷苦、可能艰辛，但我仍希望我能发现自己的不可替代，热爱并坚持下去。

所以，澳大利亚打工旅行到最后，我并没有找到事业的转折点，也没有一夜暴富，还弄丢了结婚对象。但我无比感恩这段经历，也庆幸自己一直保持独立思考，才最终造就了现在的这个我。一个人在南半球生活的这些日子，让我在面对未来时，不会再像从前那样慌张了。

嗯，一切都还来得及。

TIPS

二签小镇昆士兰埃默拉尔德

◇ 工作推荐

2.P.H.橘子包装工厂，全年按水果时令长期有工作。主要水果为橘子、葡萄、柠檬等，但只有橘子的季节最长，为每年的5—10月，需要的人手也最多，旺季时包装工厂员工超过100人，岗位主要包括分拣（sorting）、打包（handpack）、机器包装（packing machine）等。时薪是按合同规定的法定白工时薪，无节假日双倍。工时稳定，每周工作约50~80小时，是非常适合存钱的二签工作。

◇ 如何到达

地址：Selma Road, EMERALD, 4720, Queensland, Australia
可从布里斯班搭乘飞机和火车到达，或者自驾前往。

◇ 如何上工

可提前拨打人力部电话（+61 7 4982 0715）咨询有无空缺，需要本人亲自带护照到工厂现场填写申请表后等待入职通知。

◇ 小镇住宿

当地房屋中介可提供租期最短为6个月的房子，但需注意是否带家具；汽车旅馆提供长租房间和公共厨房；在超市留言板可得到少量房东直租的信息。

◇ 吃喝玩乐

距离小镇中心约半小时车程的马伦湖（Maroon Lake），是个看日出日落、钓鱼、发呆、野餐的好去处。小镇往西约一小时车程的是中部有名的蓝宝石小镇（The Gemfields），推荐地下矿场探险一日游。

跪了,给辣椒跪了

——小明

> 小明,曾经的新闻记者、电台主持、非政府组织志愿者,分别在2013年、2014年和2016年三次申请打工旅行签证,最终踩着30岁的尾巴踏上了澳大利亚的土地。第一份在农场的采摘工作经历,让他尝尽酸甜苦辣,誓要余生与瓜、椒为敌。

突破极限?

打工旅行的圈子里,有句流传了很久的名言:在农场工作,只要能坚持两周以上，就没什么问题了。

但我好像是个特例，我都坚持到第三周了，反倒做不下去了。每天都破点皮、流点血，浑身上下没一块好地方，胸、腰、屁股、大腿、膝盖都在疼，剧疼。逃离农场的"前辈们"曾一遍遍劝导我：要锻炼自己的意志，突破自己的底线。但意志这种东西和体能是两码事，意志可以让你在短时间内爆发冲刺，拥有耐力和速度；可采摘的拖车是时刻向前、从不停歇的，等意志耗尽了，你还是跟不上拖车的节奏。而体能的提高是一个循序渐进的过程，不能一蹴而就，自己的身板有多少底子，到了那个你无论如何咬牙都再也坚持不下去的临界点时，你应该会比谁都清楚。

我刚到农场工作时经常把脏话挂在嘴边泄愤，好像气沉丹田地骂几句脏话，疲劳和疼痛就可以缓解。但是三天过后，我就不常说了，疲劳和疼痛开始成为习惯，骂谁也没用。很多人和我一样，最期待的就是休息日。尽管只有短短一天的时间，但谁不把这来之不易的24小时视若珍宝呢？

我的第一个休息日是连续工作两天后，第二次休息是连续工作七天后，第三次是连续工作八天后……我一个在国内连双休都嫌短的人，如今在这庄稼地里居然能忍着七八天不休，身体和灵魂早已下了地狱。每次轮到自己休息时，我都暗暗立下毒誓：如果明天一大早被临时叫起来上工，我就去农场埋雷管，管它什么瓜啊椒啊的，全都给它们炸了。好在毒誓从未用得上，农场也在休息日的问题上实现了制度化，不再随机调配，而是每人每周固定休息一天。

采摘是个技术活

没人相信我居然能在农场稳做三周工，就连我亲妈都惊呼："你行吗？你从小都没做过农活。"

我不行，当然不行。

平心而论，无论在哪一个采摘车组，速度最慢的那一个肯定是我，不要说司机和工头，就连一起工作的华人小伙伴也对此心知肚明。但到现在我还没被解雇，这个世界带给你的惊喜真是远超过想象。

农场的名字叫Rocky Ponds，地处昆士兰州汤斯维尔（Townsville）的小镇艾尔（Ayr）之外。农场内部有一条铁路和一条公路横穿，目前成熟的作物有哈密瓜、白香瓜、南瓜、青椒、红椒和黄椒等。我们的任务就是摘光它们，每天工作9个小时。

你想象中的农场工作可能是这样的：在和煦的阳光下，微风拂面，穿着凉爽轻便的工作服，戴着透气护肤的手套，一边低头摘果，一边与来自世界各地的打工旅行者们有说有笑。偶尔直起腰，抬头眺望远方，清澈湛蓝的天空与宽广无际的秧苗交会出一条地平线。轻轻地调整草帽，用袖子拭去额头上的汗水，知足又惬意啊！

醒醒吧！现实中的我们每天朝七晚五，面朝黄土背朝天，弯腰屈膝又咬牙切齿地与各种瓜和椒做殊死搏斗！

一个大拖车可以伸开两条六米多长的传送带，每条传送带后站六个人，每人一垄作物，每垄两排秧苗。拖车匀速前进，我们采摘的果实要放在传送带上，传送带会将果实运至车斗，车斗上有人负责分拣。这套人工与机器共同协作的程序只有一个要求：你的采摘速度必须紧跟拖车的行驶速度。传送带的高度在人腰的位置上下，而每种作物在秧苗上结果的位置和方向不同，这就要求我们必须频繁地蹲下、跪地、弯腰和起身。拖车不等人，一旦落后，传送带就会离你越来越远，采摘的难度也会越来越大。

杰夫来自湖北，做了不到一周就辞职了。离开农场的前一天，他生

· 跪了，给辣椒跪了 ·

无可恋地对我说："腰受不了了，车开得太快，我是两条腿跪着把椒给摘完的。"

我表示十分理解并同意："你说你没跪过天、没跪过地，搞不好连自己的父母都没跪过，来这边给辣椒跪了，这辈子也算是圆满了。"

采摘是一个高强度的工作，在拖车速度不变的前提下，人的耐力和体

农场的瓜田

能有限，再加上炎炎烈日当空照，采摘速度越来越慢也是必然的。

当然，影响采摘速度的因素有许多。比如摘椒时，每条垄上有两排秧苗，每一棵秧苗上最少有6个可摘的椒，椒密密麻麻地挤在一起，摘的时候不能踏垄，不能破坏枝叶。椒苗立着长，朝四面八方结果，需要在垄左、垄右或是跨垄用正手、侧手和反手等多个姿势轮换着摘。青椒要摘大过拳头的，黄椒和红椒要摘全色的，青色面积须小于整颗椒的10%。但是拖车在前进，根本容不得你多想这个椒是不是比拳头大、这点青色到底占了多少百分比，只要稍微耽误了一点工夫，传送带就离你十万八千里，翻多少个筋斗云都赶不上了。

再来说采瓜。每棵秧苗上结的瓜虽没有椒那么多，但是瓜很重，举到传送带上会耗费力气，小瓜用一只手，大瓜需要两只手来搬。瓜藤和瓜叶上都是毛刺，虽然戴着手套，但是手臂会被划得起红疹，让人痛痒难忍。如果有瓜没结在垄面上，而是滚到了两侧的垄沟里，那么恭喜你，它们无情地延长了你的采摘动作路径，你需要跨垄去采，会耽误更多时间。还有一些瓜长到可摘可不摘的状态，只要对着它们多犹豫一两秒，就那么一两秒，等你缓过神来，拖车早就走远了。

有人说了，可以不用那么认真啊，马虎一点，跟紧拖车不就行了。那可不行，监工会不时地在后面检查，漏得少没有问题，最多给个建议和警告；要是漏得多被查到，直接被炒鱿鱼。如果全车组的人都摘得比你快，只有你离拖车最远，这种情况下一次两次会有人来帮忙，但次数太多就会有被炒的风险。所以，这不是一份可以稀里糊涂去对待的工作。

记得上工的第一天，只有我一个新手在"熟练工组"，拖车的速度快得像要去投胎。本来我摘得就慢，再加上体能完全跟不上，很快就没有耐力了。在我马上就要放弃时，天降大雨，我们提前下班了。

第二天，监工知道我是新人，格外照顾，工友们轮流帮着我摘。

第三天，我还是跟不上拖车，腰疼得完全受不了，马上就要放弃时，旁边的一个日本小哥帮我摘了一半。

……

第N天，车组来了新人，与新人相比，我做得比他们好一点，算是逃过了监工的法眼。

第N+1天，腰疼得不行了，马上就要摔椒不干了，但恰好老天分给了我一道被别人摘过的垄，整整一下午我都在偷懒，因为没有多少椒可摘。

第N+N天，彻底地绝望，这一次我是真的干不下去了，完全消极对待。但新上任的拖车司机对我不离不弃，不停地从车上跳上跳下，帮我摘了一天。

原以为这辈子的好运早就透支了，但没想到还有点余额。只是这个余额剩下多少，我不知道。我只知道，每天在摘椒时，腰弯得受不了，屁股、大腿、膝盖都在疼。我想辞职、想被解雇，内心深处始终有个声音在拼命呼喊：老板和监工快来看看，我是最慢的一个！你们留我还有什么用？快来解雇我！求求你们放我一条生路吧！

每天一边摘，脑子里一边这么胡思乱想着，想从出生到现在自己遇到的人、经历过的事，可笑的、可悲的、见得人的、见不得人的，像放电影一样，各种天马行空的画面被毫无逻辑地任意剪辑在一起，剪着剪着，就不知不觉地下班了。江西小伙沃克不止一次地感叹，在国内时脑子不停地转，但来了农场后大脑完全放空，好像再也用不上了。他问我："你说我回国后会不会变成傻子？"

每天的工作结束后，最能治愈我们这群"傻子"的就是天边的夕阳了，每一次都是那么柔美灿烂，染红了半边天。看着它，我不再想骂人，不再想抱怨，只要戴上耳机，靠在班车的椅背上，就知足了。

农场是个不错的选择

我对很多人说过，在农场工作可以治好两种毛病——赖床和失眠。

不敢赖床是因为要保住工作，等工的人排起来最少有一个连，你不珍惜就会被开除。不再失眠是因为累，每晚9点左右眼皮就困得睁不开，倒头

采光的瓜田

就能睡着,眼睛一闭一睁,早上5点的闹钟就响了。

农场作息时间表

5:00 起床、洗漱、早餐
6:10 集合签到,坐车去农场
7:00 开始工作
10:00—10:20 工间休息
10:20—14:00 工作
14:00—14:40 午餐
14:40—17:00 工作
17:00 下班,坐车回住处
17:40 洗澡
18:00—20:30 做晚餐、吃晚餐、做第二天的早餐和午餐
20:30 串串门、聊聊天
21:00 睡觉

无论是在床上,还是在班车上,每个人的觉都是永远也睡不够的。

既然这么累,为什么大家都还在坚持呢?

第一,门槛低,不需要工作经验;第二,时薪高,每周过千不是问题;第三,可以集二签;第四,农场是个大型的国际青年社区,在这里你能认识来自世界各地的朋友。所以,在农场工作还是一个比较不错的选择。

当然,澳大利亚的农场千千万,除了地区和季节的不同、内场和外场的工种不同,每个农场的作物、采摘方式、工作强度也都不尽相同,只是我恰好在这里,在这个时间摘了瓜和椒而已。

在农场的日子,一周只休一天,还不一定是周末,所以除了睡到自然

·逆向人生·

∧

车队工友合影

醒，我在这仅有的一天假日中并没有什么特殊的消遣活动。我最大的乐趣就是逛超市，大包小包地买回至少够自己一周的口粮。

超市里的鸡肉和牛肉都很便宜，但蔬菜贵，一小把青菜都要2澳元以上，还必须赶在打折的时候。就连我们平日里摘的各种椒，放到超市里都要卖到9澳元一千克，9澳元可以买两盒6只装的鸡腿呢！

农场的迈克尔告诉我，有些人集满了二签的工时，辞职走人前会把鞋子丢出去以示庆祝，反正这鞋也没法再穿了。

我想，等我离开农场时，我也要把我那双鞋给丢出去。

再也不做农场工了

TIPS

艾尔农场信息

艾尔位于澳大利亚东北部的汤斯维尔，小镇上农场的作物以各种香瓜和辣椒为主。工作须绑定名为Big 4（BIG4 Ayr Silver Link Caravan Village）的房车旅馆，旅馆内设两人间、四人间和八人间，每周房租为164.5~178.5澳元，押金100澳元。

Big 4具有中介的职能，会安排背包客去往Rocky Ponds、Charlies、Rapisarda等农场做室内挑拣、包装或室外采摘、种植等工作。不同农场的工时不等，每天4~9个小时，每周6~7天，税前时薪为19~23澳元。

- 地址：34-42 Norham Rd, Ayr QLD 4807

- 电话：1800 335 261、07 4783 3933

- 邮箱：big4ayr@bigpond.net.au

- 到达方式：可从汤斯维尔和凯恩斯乘坐Greyhound巴士前往。如从汤斯维尔出发，可在Sealink Terminal乘坐，车程1小时，车费$20；如从凯恩斯出发，可在Pier Car Park乘坐，车程6小时，车费$80。

- 温馨提示：到达或离开艾尔时，可要求Big 4在Greyhound车站免费接送。Greyhound车票需在网站www.greyhound.com.au预订。

心怀恐惧，却依然向前

——Mike淼

之前的我内向害羞，享受安逸，极度厌恶英语。现在的我从新西兰的农场转战到澳大利亚最大的通信公司澳大利亚电信（Telstra），虽然每天依然要面临不同的挑战，但我坚信：有梦想，就要克服一切去实现，即使心怀恐惧，也要勇往直前。

· 逆向人生 ·

在奥克兰蔬菜厂时,洗筐是我最讨厌的工作。
不仅洗筐机噪声刺耳,摆筐也是个力气活

初到悉尼的求职之旅

2017年8月，我到新西兰打工旅行，主要混迹于农场、包装厂、海鲜厂等，干的都是力气活。那时，我唯一的动力就是赚钱，为了向家人和朋友证明自己：辞掉国内的工作，我在国外也能活得很好。可是体力工作乏味又无聊，无法给我带来任何成长。于是，我的心里深深地埋下了一颗种子：我要找一份本地的而且是讲英语的工作！

2018年8月登陆澳大利亚后，一开始我也准备申请农场工。然而8月是南半球的冬季，很多农场都不招工。当时我心里有一些绝望，如果不能尽快找到工作，我将无法在澳大利亚生存下来。可随之我也生出了一个念头——既然找不到农场工作，为什么不在悉尼市区试试呢？我可以在悉尼市区找份工作过渡，去餐厅打工也行，等农场季来了再申请，总归不能不工作。

第二周，我就开始在澳大利亚求职招聘网站上投简历。因为在国内有房地产工作的经验，我重点关注的还是相关行业的招聘信息。投了几次简历后，也接到过面试通知。当时与人力资源经理聊得不错，不过最后并没有得到工作的机会。

这点挫折怎么能击垮我呢？接着，我调整了求职方向，只要看到合适的工作就投，撒开了投。当时，我投了很多不同类型的工作，前后总共有12份，有酒店前台、公司文员、金融咨询员、专柜店员、老年服务中心工作者等。当然，许多都石沉大海了。我清楚地知道，作为一个母语非英语的外国人，想要找到一份在城市中的正式工作有多难。

功夫不负有心人，再加上必不可少的运气，我收到了来自澳大利亚电信的一位门店经理的邮件："对不起，你邮件附件中的简历我打不开，请重新提交你的申请。"

我激动地从床上坐了起来，想着：他想看我的简历，应该是对我感兴趣吧。于是我下床抱着电脑，更改了简历格式，重新发了过去。第二天下午，我收到了这家门店的面试邀约，时间是次日11：30。

第一次英文面试

短暂的兴奋和喜悦过后，我坐在电脑前看着邮件，顿时感到四肢发麻，陷入了深深的恐惧：面试要说英语。虽然我从小学就开始学英语，学了十几年，但是到头来自己还是不敢开口说。现在要参加英文面试，简直就是在为难自己。

距离面试不到24个小时，我已经别无选择，我没有时间恐惧，只能抓住这个机会。想明白这一点之后，我整个人就像打通了任督二脉，精神抖擞地厘清了头绪。经过一番思考和分析之后，我把面试准备分为了两部分：其一，面试与沟通技巧；其二，专业知识和对公司的了解。

针对第一部分，我在网上搜索了很多关于面试的技巧，内容涵盖了面试的大致流程、自我介绍的重点、面试常问的基本问题等。有了这些资料，我的恐惧感慢慢地减少了，原来很多面试都有套路，是可以提前准备的。针对第二部分，我知道自己肯定拼不过有相关专业背景和经验的人，因此，我能提高的只是对公司及其产品和服务的了解。所以我详细地浏览了澳大利亚电信官网，了解了公司的产品、愿景以及通信行业的基本发展概况。

就这样，在第二天，我既紧张又兴奋地参加了人生中的第一次英文面试：

（一）自我介绍及个人基本情况的提问。比如，讲一讲我的打工旅行签证、喜欢新西兰还是澳大利亚、为什么想应聘这份工作等。

（二）对通信行业认识的考查。比如：热销的手机品牌、对澳大利亚通信运营商的了解、手机系统的操作、宽带网络的类型等。

（三）对客户管理和销售经验的考查。比如：遇到不礼貌的客户要怎么处理、如何解释澳大利亚电信的产品比其他运营商的贵等。

（四）最后环节：我的提问。我一共提了两个问题：我应聘的职位是客户顾问，关于该职位的上升空间是什么？我最快什么时候能来上班？

经理回答说，如果面试通过了，下周一上班，周日前会通知我面试结果。

面试结束后，我对经理自信地说："下周一见！"

从门店走出来，阳光晒在我的脸上。我长舒了一口气，卸下心里的包袱，顿时感觉到无比轻松，回旅舍的路上脚步都变轻快了。现在想起当时的表现，真的很佩服自己的勇气。

初入国外职场

虽然自我感觉良好，但我对面试结果还是不抱希望的。悉尼作为国际大都市，留学生众多，各方面人才济济，怎么会轮到我呢？况且，我拿的还是打工旅行签证。

可是，周六下午我突然接到了一个电话，是面试的经理打来的。他先是祝贺我通过了面试，再是通知我下周一上班，最后又交代了一些入职前的注意事项和着装要求。

就这样，在抵达悉尼的第13天，我找到了工作，这感觉就跟做梦

工作之后，总感觉时间飞逝，就像手里的沙，怎么也握不住

一样！

我们门店一共有6名员工，包括1位经理、1位执行经理、4位客户顾问。我的主要职责是向客户介绍公司的流量套餐、手机合约、宽带计划等产品，然后需要在电脑上完成上述销售流程，实习期为1个月。

面对全新的职场环境，恐惧和压力再一次袭来。在入职的第一周，我每天晚上都做噩梦。那段时间我常常跟好友诉苦：干吗把国内好好的工作给辞了？

作为新人，除了英语这一座大山，我还要学习很多工作流程。作为大公司，澳大利亚电信的工作流程相对比较复杂，再加上公司内部系统不够稳定，这都给我带来很大的挑战。同事和经理教我的时候，我会在笔记本上做好记录。每天下班之后，我都对着笔记复习，然后在网上学习基本的英文对话。

幸运的是，我遇到了一位友好耐心的韩国同事，她会详细地告诉我她所知道的所有工作流程和产品细节，笔记也会毫无保留地分享给我。没有她，我不会这么快地适应这里的工作。

在工作的第一个月，最令我感到恐惧和窒息的就是接到客户打来的电话。一是客户会带有各种口音，有些我完全听不懂；二是客户的问询涉及方面广，我作为新人无法处理。但是又有什么办法呢？也只能硬着头皮上。渐渐地，我发现尽管我不能听清楚每个单词，但我能根据关键词猜测出客户的意图，进而给出解决方案。如果实在听不懂，我就去求助同事。就这样，我的英文听力水平也在一次次接电话的过程中有了巨大的进步。所以，恐惧和压力都只是暂时的，我们都有能力去适应和改变。

一个月后，我顺利地转正了。由此，我也开启了自己打工旅行的新篇章。

再次挑战自己

正如生活中惊喜和意外总是无处不在一样，工作中遇到的一些"奇葩"客户也会让人怀疑人生。

入职近2个月时，我接待了一位大叔。见到他的第一眼，就看得出他怒气冲冲的，很不好惹。我问："有什么可以帮您的？"他非常生气地告诉我，他之前买的手机充电线用不了，他的手机充不进电，然后就抱怨了一通我们的服务不好，各种脏话乱飞。在听完他情绪激动的陈述之后，我尽量保持克制跟他理性对话："手机充不进电有几种原因：一可能是手机电池或者充电接口有问题；二可能是我们卖的充电线有问题；三也可能是插头的问题。"他可能觉得我是在找借口，反问了我一句："你为什么这么粗鲁没有礼貌？"

此前，因为他的大声抱怨，店里所有的客户和同事都朝我们看过来。我再也忍不住了，不卑不亢地回复他："到底是谁在这里粗鲁又没有礼貌？"他不再作声，接着我也平静下来。为他检查了手机后，我发现他手机的接口坏了，充电线根本就插不进去。即便为他办理了退款手续之后，他依旧还是骂骂咧咧地抱怨个不停。

10月下旬，在周五的一次例会上，经理介绍了11月1号谷歌要正式发售新的3代Pixel手机的消息，并询问我们有没有人想做谷歌大使，负责对接跟谷歌相关的工作，还可以获得新机的使用权。听到这，我毫不犹豫地举起了手。

谷歌的工作人员爱莉是一位笑起来很有感染力的女生，她和我交代了一些工作的注意事项并邀请我参加谷歌新手机发布的派对。听到派对这个词时，我有点蒙，因为我不是很喜欢去人多的地方，害怕自己无法融入集体。爱莉应该是感受到了我的不安，先是让我不要紧张，然后安慰我说，没事，她也会感到紧张，那个场合下大家都是互相不认识的。听到她的话，我感觉放松了些。接着，她问我能不能来。我犹豫了一下，最后决定克服内心的焦虑，笑着说："没问题！"

我还是忐忑的，想着去派对后会不会无所适从地像个呆瓜。几天后，当我走进派对的大门时，Ari迎面过来，给了我一个亲切的拥抱，这让我安心许多。

派对上，我与这些年轻人都是彼此不认识的，但是慢慢地，我们一起

·心怀恐惧，却依然向前·

∧

Pixel 3 XL，11月1号才正式全球发售，而我作为店里的"谷歌大使"，提前拿到了新机的使用权

聊天、喝酒、做游戏，虽然还是有些紧张和不自然，可毕竟我跨出了社交这一步，也算是获得了成长。我发现年轻人在一起聊的话题都很相仿，无非就是互相问问年龄、吐槽工作、聊聊租房或是感情，尽管我们来自不同的地方，说着不同的语言，但我们并没有什么不一样。

勇往直前

不管多么想去追求简单与纯粹,我们却都一直活在复杂的世界里,有一些困难是不可能迎刃而解的,有一些挑战是不可能一蹴而就的,但若不去尝试,它们就会始终困扰着我们。勇敢不是没有恐惧,而是心怀恐惧却依然向前。

正如我迷茫地写完英文简历和求职信一样;正如我硬着头皮准备第一次英文面试一样;正如我的写作水平和表达能力有限,但却怀着不安的心情记录下这段经历一样。

面对生活,在害怕、踌躇、拖延的时候,尽量让自己听从理性的声音,而不是被内心的恐惧所击倒。有些事现在不做,以后就再也不会做了。如果不能回头,那就走得更远吧。

愿我们在追梦的路上,都能勇往直前。

·心怀恐惧，却依然向前·

生活没有一往无前的轨迹，我们都在跌跌撞撞中成长

TIPS

悉尼华人美食推荐

▷ 辛香江——川菜

　　靠近中央车站，位于唐人街旁边。地理位置优越、性价比高，味道正宗、分量足，我最爱他们家的红烧肉和钵钵鸡。饭后还想来一道甜品的话，可以去对面的鲜芋仙。

▷ 川贵小吃——麻辣香锅

　　靠近中央车站，位于唐人街旁边。好吃不贵分量足，两个人去的话不要点太多。

▷ 257home kitchen——上海菜

　　位于华人区 Eastwood，推荐这里的自制面食（小笼包、饺子、乌冬面）。餐厅附近有家奶茶店，名为皇茶（King Tea），强烈推荐这里的蛋糕珍珠奶茶。

▷ 西安诱惑——秦菜

　　位于华人区 Burwood，这里的肉夹馍和凉皮很有特色。

澳大利亚实用 App 与网站推荐

▷ 找工作与租房：今日澳洲、Gumtree、Seek

▷ 订青旅和民宿：Booking、Airbnb

▷ 演唱会订票：www.ticketek.com.au、www.stubhub.com

▷ 悉尼歌剧院演出订票：www.sydneyoperahouse.com

在南半球雪场泡咖啡是一种怎样的体验

——刘承柳

他来自南方,去南半球之前是一名程序员小哥,对,就是网传的那种双肩包、格子衫、每天加班到半夜的"程序猿"。他努力不成为那样的"猿",因为他喜欢自由、喜欢咖啡,所以他去澳大利亚做了一名咖啡师。

· 逆向人生 ·

我与咖啡之都相遇

西雅图、墨尔本、维也纳和罗马是世界四大"咖啡之都"。那么,位列其中的墨尔本是怎样的城市呢?打开手机地图搜索"咖啡店",几乎满屏都是红点;在两旁都是咖啡店的巷子里,各色着装的人只能端着纸杯站着聊天。

在咖啡遍地的墨尔本,我时常会一个人经过几个排着长队的咖啡馆,不紧不慢地点一杯拿铁,没有方向地在大街小巷漫步。记得很多个夏风拂面的日子,咖啡陪着我度过了一个个孤单又难忘的黄昏,在草坪上、在楼宇

∧

咖啡吧台工作情景

间、在车水马龙的街头。每当觉得日子有点苦的时候,我就抿一口咖啡,心头的不快也便烟消云散了。

我爱咖啡,我也想用牛奶杯优雅地绘出各种拉花。所以,在墨尔本工作的间隙我报名参加了咖啡培训课程的学习。学成后,我顺利地在瓦卡帕帕(Whakapapa)雪场做了一名咖啡师。

在雪场做咖啡师不但薪资高,还可以免费滑雪,可谓一举多得。除此之外,还可以跟不同国籍的客人交流,提高英语能力、了解多元文化。用一杯咖啡犒劳自己和同事,在相互温暖的同时又能交到新的朋友。

这是您的咖啡,请慢用

在咖啡厅,每天人来人往,你会看到千百种面孔:有的人突然一脸严肃地跑过来,你以为有什么没做好,但他却只留下一句"你做的咖啡棒极了";有的人直接凑过来点单,你告诉他需要排队,但他转身就爆粗口;有的人不愿打扰你工作,直到你不忙时才敢开口问问题;还有的人冲过来催单,即使自己的订单排在最后,也毫无理由地要求先做他的咖啡。

我仔细地观察着眼前的世界,也在不经意间读到了万千故事。

不忙的时候,我也会在咖啡上随便画两笔,练习拉花。主管对我们很严厉,但自从看到我的拉花后,她对我温柔了许多。有一天,她问我能不能在咖啡上绘些有趣的图案,她想拍照发给她的老伴。她说,他们老两口一直都是这样分享彼此生活中的趣事,她老伴一定会喜欢这些拉花的。我很羡慕他们的爱情,所以在帮她拉花时尤其谨慎,生怕因为图案不好看影响了他们平日里相处的小小情趣。

有一次,我给一位老大爷画了一只龙猫,他从口袋里掏出了两颗糖

· 逆向人生 ·

果,拍在柜台上扬长而去。我诧异地握着它们,望着大爷离去的背影,只见大爷从头顶比出一个胜利的手势,头也没回。之后的很多天,老大爷都会跑过来和我聊天,并且指定我给他做咖啡。如果我在忙,他就静静地坐在炉火旁看书,等我闲下来再找我说话。

老大爷告诉我,他的孙子和我差不多大。他特别羡慕这样的年纪,可以犯错,也可以重来,可以远走他乡无畏地去尝试体验,也可以玩够了回到家当作什么都没有发生。他的孙子已经随父母搬去了其他城市,每年只有圣诞节时他们才能相聚。

我和老大爷描述着我所长大的环境,告诉他中国的爷爷奶奶不但要抚养子女,还要帮着子女带孩子,他们辛苦操劳一辈子,不像国外老年人那样能享受自由的晚年生活。而老大爷听后,只淡淡地对我说,他希望自己能像中国老年人那样,可以有儿孙陪伴左右。

给大爷画的龙猫

身边的不婚主义者

丽儿和乔西是与我在一起工作的两名咖啡师，他们都是美国人，年龄跟我相仿，但是对待生活和婚姻的态度却和我大相径庭。

丽儿和她的男朋友已经在路上旅行2年多了，他们计划用5年的时间环游世界，一路上边赚钱边旅行，已经尝试了无数种工作了。丽儿没有存钱的意识，她和她的男友只要攒足下一趟旅行的开销就会离开。他们并没有结婚的计划，她曾经对我说，两个人已经离不开彼此，没有结婚也不妨碍他们的生活。

最爱的人就在身边，而最美的景色还在远方。我想，用这句话来形容他们再适合不过了。

乔西是一个不婚主义者，常常和我争论人为什么一定要结婚。我认为婚姻是爱情的保障，也是爱的代价，如果没有婚姻的弹性束缚，男女双方在感情中的责任和忠诚将会大大减弱。而按照乔西的说法，他不需要一张纸质的合同去捆绑他的爱情和生活，如果两个人没有感觉了就应该分开。因为婚姻的束缚，很多人无法根据自己内心真实的想法做出决定，甚至有许多妇女常年遭受家庭暴力也不敢提出离婚，因为离婚的代价太大。他还说，社会离婚率增高是一个好的现象，至少越来越多的人敢于选择自己想要的生活，而不必在乎外界的眼光。

他的观点让我思考很多：西方年轻人跟父母的关系不像中国那么紧密，他们对父母的依赖感也没有那么强烈。我们习惯在做一些重要的决定时考虑父母的想法和感受，但他们秉持自己的人生自己做主的态度，这其中就包括是否要结婚。

∧

雪山咖啡厅的黄昏

滑雪啦！滑雪啦！

来到雪场报到的第一天，主管萨姆就带着我们把雪场转遍了。萨姆指着一条平缓且笔直的雪道，告诉我们那是给初学者练习用的。他嘱咐我们，第一次滑雪要尤其当心，大多数初学者都不会控制速度，而且雪场上有很多小孩子。

坐上缆车后，我看到了中级雪道，相较初级雪道而言，中级雪道多了一些坡度和转角，道上的滑雪者也没有那么跌跌跄跄了。只见他们在滑行的过程中不停地左右摇摆，直行时身体前倾快要接近地面了，还有的人可以旋转和跳跃,真是"如鱼得水"。

在初级雪道练习了4天之后,我便跃跃欲试进入了中级雪道。有一次滑得过于投入,连缆车停运、雪场关门都没注意到。到最后,我只能脱掉雪板走着下山。

为了滑雪,我每天醒来第一件事就是查天气,大风、大雾天就老老实实地去上班,一碰到晴天就试图和主管请假或者和同事换班。有时候,我还会装病请假。萨姆当然知道我的小伎俩:"你可能是得了一种不滑雪就会生病的病。"

在那些自己喜欢的事情上,多花些工夫、坚持不放弃就会收获值得的成长。就像我学滑雪,有时候脸被雪打得生疼,有时候因为大雾视线不佳,但当我在滑道疾驰而下的时候,我可以什么都不想,只需要跟着方向摇摆并享受征服自然的快感;虽然累到腰酸背痛,全身被汗打湿,但是每一个晚上我都会睡得特别香。

从决定来雪场做咖啡师时,我就知道我会体验到梦寐以求的雪乡生活,也会交到一些此生难忘的朋友。但真正让我感到意外的馈赠,是人与人之间那些温暖的瞬间。就好比眼前一位小男孩小心翼翼地捧着他的热巧克力,眼睛发亮地对我说"热巧克力是世上最棒的东西",而我再把大爷给我的硬糖果分给小男孩,传递给每一个本应该被温暖的人。

时间过得很快,离开雪场的前一周,老大爷没有再来咖啡馆找我聊天。正准备询问他的近况时,他给我发来了几张照片,是他和他孙子的合影。他说,平时都是只有圣诞节儿孙才来看望他,但因为跟我谈话之后他想开了很多,最后决定主动去儿孙所在的城市,还说要住上两个月,要像中国人一样,好好"麻烦麻烦"他的家人。

·逆向人生·

以前，我似乎从未想过家。而在离家几千公里外的澳大利亚，我第一次真切感受到了家人于我的意义。某天夜里，我梦到了陪伴我从小长大的奶奶。醒来后我打开手机，毫不犹豫地买下了回国的机票。一天后，我飞到了奶奶的身边，听着奶奶对我的各种嘘寒问暖，就像我从来都没有长大一样。

现在，我回到了以前所在的四五线小城市，离家人很近。

登顶者的俯视

TIPS

咖啡制作学习及雪场工作信息

▷ 在墨尔本学习咖啡制作建议直接找华人学校,费用相对实惠并且可以使用中文授课。培训课程共两天,第一天认识咖啡以及制作简单咖啡,第二天学习拉花。

- 课程学费:220澳元

- 联系地址:488 Bourke St, Melbourne VIC 3000

- 联系邮箱:coffeeartschool@gmail.com

▷ 雪场工作的简历投递每年从2月份开始,到四五月份可能所有职位都已经招聘完成。南北岛较大雪场官方网站招聘通道如下:

- 北岛
Mt.Ruapehu: www.mtruapehu.com

- 南岛
NZSKI: www.bfound.net/list.aspx?CoId=2043&rq=10
Cardrona: https://employment.cardrona.com/dates-and-faqs
Treble cone: http://www.treblecone.com/mountain-info/about-treble-cone/employment

人生如棋，落子无悔

——Sunny Yang

> Sunny Yang，中国第一批澳大利亚打工旅行体验者，深居西澳珀斯3年。曾经的她带着无数的未知与可能，独自一人背上行囊，去看那没看过的风景，去做那没做过的工作，去见那没见过的人。

在澳大利亚经历的每一段故事、遇到的每一个人都是我人生中的财富，这些使我心态更加平和、眼界更加宽广，让我明白了顺其自然和随遇而安的生活哲学，也让我懂得了在重塑自己的过程中纵然会疼，但疼痛之后便会收获令自己难以置信的成长。

第一份工作

来澳大利亚前，我满脑子都是澳大利亚的碧海蓝天和自己坐在视野开阔的办公楼里端着咖啡的场景。但当我真的来了后才发现，理想很丰满，现实很骨感，残酷的现实竟然就这样赤裸裸地摆在面前。

每天，在线上疯狂地投简历成了家常便饭，几十上百封的简历就像战场上投掷出去的手榴弹，震得我头晕眼花，然而那些用心投递出去的简历却全部都石沉大海。无奈之下，我只能去线下"扫街"。这种在国内根本都无法想象的事情，竟然是澳大利亚给我的第一份见面礼。

夜幕降临，独自游走在空荡荡的街道上，我仿佛成了一个流浪者，脚下是路，但却没有落脚之处。面对着澳大利亚的高消费，才半个月就将仅有的1000澳元花个精光，可工作依旧是杳无音信。怎么办？当初坚定认为打工旅行承载着自己的出国梦，所以不顾家人的劝阻辞掉了国内的工作，带着梦想和追求好不容易来了，我不能在梦还没有开始时就选择结束。

然而，心灵鸡汤无法解决当下最紧迫的存活问题，我内心的焦虑和窘迫没有一刻停止过。既然个人的努力没有成效，眼下也只能寄希望于仅仅认识几天的房东和室友。很不幸，因为我是背包客，没有工厂的工作经验，室友的老板不愿意招用，只能给我推荐一家附近的中介。

我带着残存的一点希望来到中介。或许是上天的怜悯，抑或是这些天起早贪黑的"扫街"打动了神灵，在中介，我终于获得了入澳以来第一次面试的机会。

纵然通过了雅思考试，但我的英语实战经验少得可怜。面试时我勉勉强强能听懂面试官的问题，磕磕巴巴地答了出来。面试结束后，考官只留下一句："如有岗位，我们会通知你的。"

记不清自己是怎么走出房间的,只感觉天旋地转,天空也无比灰暗。走在街道上,周围静寂如夜,来来往往的人和车好像都只是影子,他们触碰不到我,我也触碰不到他们。

又一次的失败让我心灰意冷,失望、纠结萦绕在心头,无人倾诉,也不敢倾诉。先前找工作的激情和渴望没有了,曾经设想的各种美好也一点点地消失了。从未有过的打击和挫败就这么出现在自己的梦想之地——澳大利亚,难道我真的选择错了吗?

近乎崩溃的时刻,房东给了我最后的一线希望,她要带我去一个工厂。我坐在她的车里,窗外一座座漂亮的建筑从眼前闪过,天空碧蓝,海水纯净。可是,我并没有因为这美如画的风景而欢喜,我的脑中已经开始盘算着,如果这次还不行,可能就要换城市了。

好在整个面试非常顺利,主管说让我回去准备好税号和银行卡信息。听他这么说,我瞬间像被注射了兴奋剂一样,一股火一样的热流涌向头顶。我打了个寒战,马上恢复清醒,连忙对主管说:谢谢,谢谢……

回去的路上,我静静地望着车窗外,一座座漂亮的建筑好像是夹道欢迎的士兵,他们微笑着向我走近,又微笑着离去。我终于找回了第一天到澳大利亚时兴奋的感觉,天依旧碧蓝,海依旧纯净,人依旧热情,自由、轻松、和谐、信任的气息弥漫在整个城市上空。

很难想象,我会为得到一份蔬菜打包的工作而如此激动。白天我在工厂不停地打包,简单机械的工作没有任何趣味,更不需要任何知识和技能。可我并不讨厌,甚至有些享受,我认真对待经过双手的每一棵蔬菜。我知道,每一份工作都要用心对待,只有这样,我才能看到自己的浅薄,磨炼自己的耐力。

一周的工作让我原本细腻的双手长出了老茧,躺在床上,我摸着它

∧

舒服地大睡一觉，忘记所有的烦恼，面朝大海，没什么大不了的

们，流下了眼泪。不是因为它们影响了美观，而是因为这段日子真的很苦，但却也带着收获的快乐。澳大利亚第一份工作确实刺痛过我，但它也让我收获了成功的基本要素——尝试、勤奋、坚持、认真、责任、坦然。

我用一周的薪水买到了人生中第一辆二手汽车。比起在国内可能工作大半年才能拥有一辆汽车，我感到了一些满足。

第一位本地朋友

第一次英文面试的尴尬让我难以释怀，我清醒地意识到，这是个逃避不了的问题：英文不好只会给自己添更多的麻烦，很难找到好工作，也不可能在本地好好生活。

于是，趁周末休息，我便开始参加一些义工活动或教堂活动。直到有一天，我认识了我的贵人杰夫。

杰夫是一位土生土长的珀斯人。我们第一次见面是在商业区，大约60岁的他戴着眼镜，手里拿着有关咖啡的资料和一本4岁儿童的英文故事书。他顶着一个有点破旧的鸭舌帽，优雅地靠在栏杆上，独特的品位和绅士的风范瞬间唤起了我的"大叔控"。我们找了一家海边的咖啡店坐了下来。没有太多的寒暄，一杯咖啡后，我在澳大利亚学习咖啡制作和练习英文的第一课就开始了。

坐在舒服的沙发上，感受着纯净的空气和暖洋洋的海风，喝着咖啡，听地道的澳大利亚人用英文讲述他的故事，一切就在这一刻发生了质变。我曾无数次梦想的打工旅行生活此时变得清晰可触，这才是真正的澳式生活，这才是我追求的打工旅行。

我一句一句地将故事读给他听，他一句一句地纠正我的发音。有很多客人会诧异地偷看我们，或许是因为这本书是他们孩童时代的读物吧。杰夫似乎也觉察到了什么，他微笑着对我说："别担心，你只是需要时间练习。你又不是英语母语者，要知道，这些当地人也有说不好英语的呢！"说完他自己笑了起来。杰夫幽默的鼓励让我有了勇气，我继续自信地读了起来。

杰夫并非只是对我这个外国姑娘如此温柔，温柔是他的本性。他会对陌生的路人点头微笑，会和走路时不小心碰到的行人说对不起，他会在走出店铺门口时斜转身让身后的人先过。这种待人接物的细节超乎我的想象，而这些细节也体现在大部分的珀斯人身上。就这样，我也养成了随口说谢谢、时常保持微笑、见到邻居问好、推开门后回头看一下的习惯。

杰夫有一个农场，是他的爸爸留给他的，农场旁边是一个高尔夫球场，他小时候经常去打高尔夫，球技非常棒。高尔夫，这种在国内只有上层人士才能消费得起的休闲项目，在澳大利亚可算得上是很亲民的运动了。从技工到白领，从小孩到老人，只要喜欢你就可以打。

于是，我也萌生了打高尔夫球的想法。但考虑到杰夫的家庭、工作已经够他忙了，近段时间还在教我英语，我有些犹豫，只是稍微表达出对高尔夫的渴望。没想到杰夫一下就猜到了我的小心思，主动对我说："晚上准备一下，一定要记住涂好防晒霜，明天去打高尔夫。"幸福来得太突然，我情不自禁地尖叫了出来。

最初练习的几天里，我时常打不到球。虽然杰夫一再鼓励我，可是不管他如何讲解，我如何练习，球技都没有太大起色。我非常懊恼，便向杰夫抱怨，高尔夫不适合自己，我不想学了。杰夫并没有生气或失望，他依然不断地指导我，手把手地教我每一个动作，也分享给我很多关于高尔夫的视频。功夫不负有心人，何况还有名师指导，我的高尔夫打得一次比一次好。

对于杰夫，我无比感激，感谢他教会我对待他人要保持善良、对待事物要保持平和的道理，也谢谢他让我开阔了视野，带我体验了地道的澳大利亚生活方式。

第一份办公室工作

每天走进办公室，同事老远就会带着笑容和我打招呼。

头发立得高高的，衬衫熨得平平的，皮鞋擦得亮亮的，英语说得棒棒的——这是同事们每天的状态。一下子走进早八晚五、全是西方人的职场中，我还真有些不习惯。要知道来澳大利亚这么久，我干的可都是工厂工或者厨杂工。

能得到这份梦寐以求的市场部工作对我来说也算是机缘巧合。我曾参加过一个商业展会，其间和一位本地老板聊了起来。因为之前在国内做进出口贸易工作，大学的专业也是这个方向，自然就和这位老板有很多共同话题。老板对我的印象很好，让我帮着做过一些简单的助理工作，最后觉得我还不错，就让我正式加入了他的公司。就这样，我的第一份澳大利亚办公室工作开启了。

虽然在国内做过几年贸易工作，但第一次在国外工作还是让我有些忐忑。我唯有更加谨慎、更加主动学习才能尽快融入。办公室的氛围很轻松，同事们做事直接，说话也直接，关系融洽和谐，经常互开玩笑。大家在竞争的过程中，不会因为利益纠葛明争暗斗、斤斤计较。下班后没有应酬，也不用见到彼此，隐私都保持完好。

我们的品牌开发经理迈克是个有趣的人，他的新创意就像山泉一样永远也流不完。一天清晨，我刚在自己的位子上坐下，迈克就跑了过来，在我桌上放了一个包装好的礼物，同事们也被他吸引了过来。我看了一眼迈克，这个都快50岁的中年人就像小孩子一样调皮地望着我。我迫不及待又小心翼翼地将包装打开，是一个非常精美的蜂蜜罐子，上面印着我们公司亮闪闪的商标。周围的同事都惊叹了。我抬头看迈克，还没有来得及开口，他就抢先对我说："我花了半个月时间设计它呢！"我很激动地答谢他："这也太酷了！"

我才到公司不久，迈克就把我当作了自己人，把最好的创意送给了我。那一刻，我很感动。就是这样的公司文化和这样的一帮同事，让我的工作进展顺利。在同事们毫无保留的帮助下，我很快成为负责中国区的主力人员。

从一个背包客到一个公司职员，我在短短的时间里经历了人生的各种可能，我很庆幸自己当初的选择，也更加坚信澳大利亚是我后半生应该停留的地方。在这里，我品尝到了"付出就有回报"，明白了"劳动不分贵贱，人人平等相待"。

澳大利亚，真的是一个充满神奇魅力的地方。没事千万别来，来了真就回不去了。

两年后的第一次回国，妈妈差一点没认出我。她说我比以前好看了、活泼了、沉稳了，精神状态也不一样了。是的，这都是澳大利亚的蓝天白云、多元的人文环境给我的滋养。

"我打算移民！"

妈妈先是一惊，好像又突然明白了："只要你觉得你能过得好就行，妈妈能感觉到你在澳大利亚很开心，你不用担心家里。"

短短的几句话让我很揪心。是啊，从小到大，妈妈总是对我很包容，从不把自己的意志强加给我。但我也清楚，哪个父母不希望儿女陪在身边呢。

如今，我正在办理移民，通过审查后，我就成为澳大利亚的永久居民了。

回首这几年的澳大利亚打工旅行，颇多的感慨并不能一一言尽，但我一直坚守"人生如棋，落子无悔"这几个字。既然做出了决定，就不要后悔，无论选择是对是错，都将使自己成长。

·逆向人生·

扛得住，世界的大门才会敞开

·人生如棋，落子无悔·

时常望着北方，因为那是我家的方向

∨

TIPS

网络工具推荐

◇ 关于英文

- 编辑英文简历时遇到语法问题可以下载 Grammarly，这个软件可以纠正日常工作中的英文语法错误，而且免费。
- 英文学习 App: ABC、Aussies News、My news、SBS。或是创建 Twitter 账号，跟国内微博类似，看各位博主的对话，学英语的同时也能长知识。

◇ 关于住宿

- 沙发冲浪（couchsurfing）是背包客互助旅行的一种方式，主人提供免费住宿，适合短暂停留。
- Helpx、WWOOF 是打工换食宿的网站，打工换宿每天要为入住家庭工作 5 个小时。

◇ 关于工作

可以在 Seek 和 APSJOBS 等招聘网站找寻工作信息；加入 Facebook 小组、微信群查看工作信息分享；听取当地人或者背包客的推荐；也可以带着简历"扫街"。

◇ 关于交友

可以下载 Facebook、WhatsApp 等社交软件，添加周边感兴趣的人。

放羊少女的梦想清单

——玥燃李

一个积极的悲观主义的"90后",厌恶这个世界的同时,又向往着无限的纯粹和美好。如此拧巴的一个人写下了一张梦想清单,终于把所谓的诗和远方变成眼前的苟且。于是,她开启了一场前路未知、归期未定的流浪。

愿望清单

- 食宿交换
- 雪山滑雪
- 旅居海岛
- 公路旅行
- 塔斯放羊

寄人篱下的人情冷暖

换宿，顾名思义就是通过劳动换取食宿。我在5个不同的澳大利亚家庭里游走生活近半年，有深居山中的有机农场主、跟随母亲移民澳大利亚的乐队歌手、带着患有唐氏综合征儿子生活的高龄奶奶、富裕的小镇商人、隐居小岛自给自足的夫妇。半年的时间不足以去了解一个国家、一种文化，但是足以让我感受澳大利亚的人情冷暖。

人们总是会对在陌生环境中给予自己温暖的人感恩戴德。初到澳大利亚，海伦家是我第一个落脚处，当我还对新环境带来的文化冲击充满恐惧的时候，这一家人给了我很多关爱。

海伦一家有四口人，女儿莉莉读小学五年级，喜欢唱歌、拉大提琴；儿子吉尔兹读小学四年级，喜欢画画、吹笛子。海伦夫妇是大学同学，因为喜欢大自然，双双归田务农，把家安置在墨尔本附近一座山的半山腰上，门前栽了各种果树，果子有樱桃、猕猴桃、无花果、树莓、柠檬、橘子……后院有一汪不大不小的池塘，沿着小路上山会看见散落的几块有机农田、十几只绵羊和两匹马。

换宿家庭

干农活很辛苦，但是对我来说更多的是新奇。我的工作是一周三次去田里摘菜，周六和海伦去周末集市摆摊售卖。初来乍到的我处处都笨手笨脚。海伦辛辛苦苦摘了一篮子的香菜，我在搬运的时候一个趔趄全部打翻在地；去鸡窝里捡鸡蛋，因为贪心，一只手拿了四只，结果鸡飞蛋打；学习灌溉农田，因为掌握不好力度，接连拧坏了好几根水管……对我的这些生疏和错误，海伦不是安慰就是原谅，这反而让我心生愧疚和感激。但总是熟能生巧，临走前一周，和海伦一起在地里摘菜，她半开玩笑地说，我现在的熟练程度可以做一个合格的农民了。

记得初次见面，我用蹩脚的英文和海伦说，这是我来澳大利亚的第二天，我的口语不是很好。海伦边开车边轻松地应着我的话："那有什么关系，我的中文还不好呢！你住在我们家，英文一定会提高的。"就像她说的那样，离开的时候我的口语比之前好了很多，更准确地说应该是自信了很多。之所以更自信，是因为有海伦不断的鼓励和宽容。但不是所有人都会像海伦一样温柔，就有这么一位对我"拳打脚踢"的宿主。

她是我在悉尼换宿的房东，可能因为她的家是黄金地段的海景房，所以对我总有高人一等的感觉。这位房东原是俄罗斯人，母亲是俄罗斯难民，高中毕业之后随母亲逃难到澳大利亚。她在澳大利亚努力学习，考了大学，毕业后成为一名工程师。要知道，工程师在澳大利亚是一个很体面的职业，但她并不喜欢，工作几年之后她辞了职，开始周游世界。旅行结束归来，她实现了自己的音乐梦想——组建乐队。虽说收入不多，但她却乐在其中。

纵观她的经历，我怎么都不能理解她对我的态度。按照事前约定，我每天在家里工作两个小时，其余时间可以自由活动。可是两小时的工作对我来说似乎是长达一个世纪的煎熬，她会目不转睛地盯着我工作，然后无缘无故地对着我大吼大叫。起初，我会问她，我哪里做得不对吗？有什么问题吗？但她就像找到了一个情绪发泄口一样，语无伦次地批评我工作不认真。一开始，我选择忍耐。但在我的忍耐下，她愈演愈烈，甚至伸手对我推推搡搡，一气之下我直接说了一句："不好意思，我做完今天的工作，明天准备搬走了。"她对我的反应始料未及，突然前言不搭后语地问我是否要去参加她明天的音乐会。突如其来的友好和她一分钟前的凶神恶煞形成讽刺的对比，我客气地回绝，第二天一大早提着箱子搬了出去。

这是一段不怎么愉快的换宿经历，但也正是遇到了刻薄的人，经历了委屈的事，才发现生活就是应该充满酸甜苦辣，我又怎么能只苛求甜呢？

换宿的过程中，我不断地问自己，那么多人选择换宿的意义是什么？现在想来，换宿于我，应该是为了遇见更多的人，包容更多的可能性吧。

对抗未知和恐惧

我是一个北方姑娘，对鹅毛大雪司空见惯，但对滑雪却一无所知。所以我找了一份雪山上的工作，想着可以边工作边滑雪，应该是一段幸福的日子。

我住在雪山脚下一个叫作金德拜恩（Jindabyne）的小镇，住的地方到雪山火车站有20分钟的车程。镇子上没有公共交通，我又没有车，每天怎么上班就成了一个问题。所以，路边搭车是我唯一的交通方式。澳大利亚有一种很特殊的出行方式，就是站在高速公路旁竖起大拇指，过往的车子有空位就可能会为你停下，如果顺路还会载你一程。

我对这种出行方式充满质疑，而且心生恐惧。毕竟，随随便便搭陌生人的车对于我这种安全感极度匮乏的人来说几乎是不可能的事情。但终归生活所迫，我开始尝试。

起初，我站在马路边来回踱步，努力进行心理建设，始终不敢面对车子驶来的方向，更不敢竖起大拇指。可能是中国人骨子里的含蓄，让我觉得这种行为十分丢脸，就好像一只在路边表演杂技的猴子，可以被来往的车辆围观评论。我像热锅上的蚂蚁站在路边，看着手表上的指针距离上班的时间越来越近，我终于半低着头，胆怯地抬起手臂，竖起大拇指。数不清多少辆车从我身边飞驰而过，我的头越来越低。不知过了多久，有一辆车向我打了闪灯，然后慢慢减速停到了我的旁边。车主摇下车窗和我打招呼，我用几乎只有自己才能听到的声音问："您路过雪山火车站吗？"可能是因为声音太小，姿态太过扭捏，车主很大声地问："你要去哪里？"我重复了一遍目的地。车主说："顺路，快点上车吧！"听到这句回答我好像抓住了一根救命稻草，飞快地打开车门钻进副驾驶位。因为免费乘车带来或多或少的负担感，所以我尽量表现出友善的样子，努力寻找话题聊天，20分钟的车程开始变得轻松愉快，我也渐渐消除了对路边搭车的恐惧。

因为路边搭车，我每天都会遇到不同地方的人。3个月的时间，我搭过几十次陌生人的车子，20分钟的车程里我和他们聊天、听他们的故事，然后给他们起名字记在日记里——英国的滑雪教练、来自库马（Coomera）的叔叔、卧龙岗（Wollongong）的一家四口、开车超速的卡车爷爷……

其实，到现在我也不能说路边搭车的那段日子是快乐的。即便我每天都坐着不同的车，听着不同车主的故事，可我仍在上车之前心存恐惧，为自己站在高速公路边竖起大拇指的样子感到丢脸。但是我要承认那段有点痛苦的日子过后，我比以前勇敢了很多。就好比学滑雪摔得疼到撕心裂肺之后终于可以游刃有余地滑行，那么当我享受滑雪带给我的快乐时，我该感谢的是游刃有余的技术还是之前撕心裂肺的疼呢？

有一天我在当班时，突然被客人叫住："你早上是不是在镇上的路边拦车？"我有点狐疑地说是。然后他突然和我道歉："对不起，今天早上上山的时候，我的女儿看到你在路边竖大拇指拦车，刚好我们车上有一个空位，但是我的车速太快了没能停下来问你，实在抱歉。如果下次上山看到你在路边搭车，我们肯定会停下来载你。"听他说完我愣了一下："谢谢您，没关系的，我今天也很快拦到车上山啦，祝你们玩得开心！"我之后转身，哭了。可能是因为积压了太久的辛劳，也可能是因为每天路边拦车带来的羞耻感，但是善良的澳大利亚人在一点点打消我对这个世界的防备和敌意，让我愿意相信温柔和美好。我感谢每一个愿意在路边停下车问我"你去哪里"的人，也感谢免费载我上山的人。

当生活一次次把我推出舒适圈，我气愤过、抱怨过，甚至妥协过。但是我开始慢慢在每件棘手的事情面前变得冷静，我不再害怕未知，甚至对未知抱有美好的期待。就好比搭车，我选择接受，接受它带给我的挑战，然后把每个充满未知的日子过得风生水起。

见证生与死

不知道是不是所有在内陆长大的孩子都有一个大海梦。因为向往大海，我去过很多海滨城市旅行，也特别羡慕在海边出生和成长的孩子。所以在澳大利亚的日子里，我跑到海岛生活了3个月，一次是在大堡礁的心脏——艾尔利海滩（Airlie Beach），另一次是在大堡礁南端的室外海岛——赫伦岛（Heron Island）。相比聚集了来自世界各地游客的艾尔利海滩，我更喜欢赫伦岛的简单、宁静。

赫伦岛位于格拉德斯通（Gradstone）以东80公里的海面上，基本在南回归线上，是大堡礁区域最佳的潜水地，可乘直升机或搭船前往。世之奇伟、瑰怪、非常之观，常在于险远，赫伦岛就是这样的一个地方。能在这样美丽的海岛生活，是我的幸运。

之所以说赫伦岛简单是因为这个小岛上没有商店、没有电话、没有娱乐场所，全岛没有通信信号、没有无线网络，就连吃饭也是背着印有"Heron Island"的餐具包去餐厅领饭。整个岛特别小，走路绕岛一周只要20分钟。但是岛上很干净，没有蚊虫、没有垃圾、没有职场生活的勾心斗角，在这里可以做最简单的自己，触摸生活最本质的样子。

在岛上的生活三点一线，工作、食堂、宿舍，等待日落、夜观星河、海边漫步、出海浮潜构成了我业余活动的全部内容。因为生活太过平静，一丝一毫的波澜都是岛上的大事件。

一天清晨，我像往常一样披着浴巾去洗漱，睡眼惺忪地看见宿舍门前聚满了人，心想一定是发生了什么事情，于是兴冲冲地跑过去凑热闹。只见一拨同事正在引诱一只趴在宿舍与地面夹层中间的海龟，另外一拨同事在等着将它抬到车上运至海边。我和围观的人帮不上任何忙，只能在一边宁息静

赫伦岛——水晶球中的那块陆地

气地默默祈祷。终于,在几分钟之后,海龟慢慢地爬了出来,两拨同事见势相互使了个眼色,轻声倒数三、二、一,上前蒙住了海龟的眼睛,5位壮汉同时上前一起将它抬上了车。车子开到海边,又是一次小心翼翼的搬运,同事把海龟轻轻地放到了沙滩上。可能是嗅到了大海的气息,海龟朝着大海的方向爬了过去,一会儿便消失在大海中。岸上的一群人不自觉地爆发出了欢呼和掌声,而我早已被这一幕感动得热泪盈眶。

全岛员工拯救海龟过后，小岛又恢复了日常的平静，每个人在各自的岗位上开始一天的工作，中午照常背着印有"Heron Island"的单肩包去食堂吃饭，和同事聊着鸡毛蒜皮的见闻——哪个房间的客人态度好、哪个房间脏乱差……突然，对讲机传来了一阵急促的呼叫，同事在简单讲了几句后便火速离开，连午餐也没有吃完。听在岛上工作时间久的同事说，那个声音是紧急呼叫，她一年也只遇到过两次。我想，一定是有什么大事发生。还没等我回过神来，主管便匆匆赶到餐厅召集全体人员开会，主管看起来神色凝重，他用略带苍老的声音说，今天因为风浪太大，岛上70号房的一位客人在浮潜的时候被卷入旋涡，不幸去世。今天全员禁止靠近海边、禁止出海浮潜，部门全体人员默哀。

70号房住的是一对夫妇，丈夫是摄影师，从内陆来到这个美丽的小岛休假，今天是他们抵达这里的第一天。他们早起出海浮潜，丈夫带着摄影机下水，想要拍摄水下的珊瑚、鱼群、海龟，还有妻子在水下的曼妙身姿，但是不幸就这样发生了。今天是不平静的一天，拯救了一个生命，接着又失去了一个生命。

起初，我认为大海是包容的，因为面朝大海，真的可以春暖花开，痛苦和烦恼通通会烟消云散。可在岛上生活经历的种种却告诉我，大海是需要敬畏的。我可能再没有机会在这样美丽的海岛上生活，我可能再没有机会看到满天星斗，我可能再没有机会触摸成群的珊瑚，但是我会记得全员营救海龟后的欢呼、整个团队去浮潜的激动、偶遇魔鬼鱼的惊叹、房间被古树砸塌后的哭笑不得和游客在风浪中丧生的哀伤。

羊驼与蜱虫

"长大之后你想做什么呀？"这几乎是所有家长问过小孩的问题。"我想去放羊！"这是我对这个问题的回答。

小时候，小区门口经常有一位牵着3只山羊的叔叔，因为山羊雪白的样子太过好看，我拉着妈妈的手问，这位叔叔是做什么的，他为什么可以有这么好看的宠物。妈妈说，那不是宠物，是山羊，山羊会产羊奶，那个叔叔是靠卖羊奶赚钱的。从此，那位叔叔在我心中的形象高大了许多，因为他有漂亮的山羊，山羊还可以帮他赚钱。于是，拥有一只山羊成了我伟大的梦想。

既然到了这个骑在羊背上的国家，那我就一定要去放羊。联系了几家农场后，我来到了澳大利亚南端的心形小岛——塔斯马尼亚岛。让我开心的是，这户换宿家庭虽然没有山羊，但有30多只羊驼和一个超大的车厘子果园。

羊驼的胆子很小，看到陌生人它们会围坐成一团不敢靠近。看着一个个对我敬而远之的羊驼，我很是失望，几次试图偷偷靠近喂食都以失败告终。失望的我扔掉手中的青菜愤愤地坐在树荫下生闷气，而每只羊驼都是一脸无辜的样子，很是可爱。我静静地坐在树荫下看着它们，渐渐地，它们向我靠过来，有的还趴在我旁边，不知道它们是真的亲近我，还是树荫下比较凉快。

30只羊驼，每一只都有属于自己的名字。房东说，要记住它们的名字，羊驼是群居动物，如果一只羊驼单独生活，它就会抑郁，所以还要记住它们各自的朋友，发现谁经常独自吃草要和它讲，我们要对它观察、引导。于是，我每天不仅要坐在草坪上整理羊驼毛，还要时刻观察每只羊驼的生活状况，像照看宝宝一样，日子简单但不轻松，惬意但不空虚。和它们熟悉了以后，羊驼宝宝们会慢慢地靠近我，趴在离我不远不近的地方像雕塑一样发呆。阳光照在

放羊驼少女

脸上,坐在早上露水刚刚蒸发完的草地上,手里理着毛茸茸、软绵绵的羊驼毛,我想,这就是我要的生活,也应该是书里所说的岁月静好吧。

我的晚餐需要自己准备,因为园子里的水果蔬菜我可以随意采摘,所以我经常去摘一盆车厘子当作晚餐。

日子一天天地过着,直到有一天我被蜱虫叮了。蜱虫是一种常见的吸血寄生虫,蜱虫身上携带大量病毒,被咬伤后,重者会导致休克或死亡。那一天我正在除草,感到手臂有些疼痛,就掀开袖子——一只蜱虫的头深埋在我的皮肤里,用力地吸着血,它的肚子越来越大。我大声地呼叫房东,房东也吓坏了,赶紧拿出医药箱开始对我的胳膊进行"手术",我已经在想如果病情严重我一定要先飞回家人身边,把我生命最后的日子留给他们,然后告诉他们我完成了我最想做的事,死而无憾了。想着想着,房东拍拍我说,没事了,已经把蜱虫全部取出来了,过了今天没有其他反应就没有危险了。原来,虚惊一场。

我原以为用一年时间完成清单中大大小小的愿望远远不够,当我把清单上最后一个愿望实现的时候,我来澳大利亚已经整整10个月了。这10个月好像浓缩了十几年,我经历了之前人生中未曾预料到的种种,在天空之镜——蒂勒尔湖车陷荒漠、在南澳拥抱考拉和袋鼠、在库伯佩迪地下探险、在世界中心虔诚祈祷、在国王谷踏上云端、在凯瑟琳徒步攀岩、在库努纳拉泳池度假、在布鲁姆追逐海边骆驼、在卡那封寻找野生海豚、在贝壳海滩暴晒放空、在尖峰石阵感叹、在珀斯"打卡"蓝色小屋、在罗纳斯岛搜索短尾袋鼠、在波浪岩抚摩神奇岩石、在红湖放肆少女心。在5个不同的时区来回穿梭,累积了14000公里的行驶里程,让我还没有读完万卷书的时候就已经行了万里路。

当这一切都结束的时候,还好我没有忘记因为什么而出发,可惜的是我想抛弃的偏执和倔强依然顽固地扎根在我的身体里。不过,这已经不重要了,我开始承认自己身上所有负面因子,接受时常自卑的自己,学着和我秉持的悲观主义握手言和,然后鼓起勇气开始一段全新的生活。

说不定未来的哪天,我还是放不下我想要放羊的愿望,我会收拾行囊,再次出发。

<

梦想清单

TIPS

简历制作攻略

如果选择发邮件或者短信求职，简历和求职信是重中之重，这里主要说制作方法。

一定要好好利用谷歌搜索引擎，所有的信息都可以从谷歌里找到答案。

▷ 初级简历

谷歌直接搜索"CV sample"会出现大量的简历照片，挑几个喜欢的下载下来拼凑一下就是一个很实用的简历。

▷ 精致简历

根据想要投递的职位在谷歌里进行搜索，例如：CV sample for Barista，会出现大批的咖啡师简历。以此类推，还可以搜索厨房帮工（Kitchen hand）、客房管理（housekeeping）等等，这样细分简历进行投递能大大提高回复率，屡试不爽。

▷ 求职信同理，可以谷歌搜索"cover letter sample"，也可以细分成"cover letter for Barista"。

我做简历的方法是下载10个左右比较喜欢的简历模板，打开一个word文档，把简历里面喜欢的表达方式和单词全部输入到word里，然后再用那些选出来的词和句子组合加工成一份契合自己的简历，既不死板，也不会让人觉得不地道。

附：雪山招聘网站：
- Mt. Buller: www.mtbuller.com.au
- Mt. Hotham: www.mthotham.com.au
- Thredbo: www.thredbo.com.au
- Perisher: www.perisherjobs.com.au
- Falls Creek: www.fallscreek.com.au

南太平洋上的飓风逃难记

——Xiufen

> 大龄文艺女青年，法国商学院在读。曾在三十而立之时面临两个选择，要么升职加薪，要么辞职去流浪。她选了后者，只为"不留遗憾"。在澳大利亚这两年，她经历了农场打工、餐厅端盘子、独自开车环澳、大堡礁的飓风……

大堡礁有着众所周知的美，以我从南到北完整考察过一遍的经验来看，最美的还得算是它的心脏地带——艾尔利沙滩及其附近的小岛。就是在这样一个美不胜收的地方，我经历了人生的第一次"逃难"。这一切还要从

·南太平洋上的飓风逃难记·

我在白日梦岛（Daydream Island）上的日子说起，就如同它的名字一样，每每想起，这段日子仍像一场白日梦。

向着白日梦岛，行进

白日梦岛很小，长1000米，宽400米，大概就是两个足球场那么大。岛上没有任何原住民，只是一个用作商业用途的度假村。正当我正为去哪里集

白日梦岛的日常：蓝天白云，群帆远影

二签急得焦头烂额的时候,一个在岛上工作的朋友向我抛出了橄榄枝。想着当个岛民,日出而作、日落而息,还能欣赏各种海边美景,我顾不上那么多,就头也不回地载着所有家当,从3000公里开外的南澳风尘仆仆地赶了过去。

一个新手女司机和一辆破旧的二手老福特车,千里迢迢去赴一场还没有明确回复的约。好在运气还不错,开到悉尼的时候终于得到了小岛人力资源部的确认,约定好了上岛报到的时间。就这样,我一路经停了悉尼、墨尔本、堪培拉、布里斯班、拜伦湾、科夫斯港和罗克汉普顿,一个月后赶到了目的地——艾尔利沙滩。看了一下仪表盘,刚好行驶了5000公里。

白日梦岛上的生活简直就像它的名字一样,大多数时间晴空万里,大海和天空永远都是蓝蓝地连在一起。椰林树影、海边泳池、露天电影、沙滩排球应有尽有,在这么美的景色里,一天几小时的体力劳动算什么呢!

简单快乐的日子总是短暂的,3个月一晃而过,转眼就到了很多人陆陆续续离开的时候。大家都是为了集二签而来,只有我满了3个月还在,每天碰到的熟人都会问"你怎么还不走"或"你什么时候走",我只好答:"我也不知道。"当时的我怎么也没想到,最后我是在飓风狂虐了4天4夜后,被澳大利亚海军派船解救出岛的。

命运总有它的安排

飓风到来的那周我是请了年假的,准备跟另一个朋友自驾去凯恩斯,假条都批好了。但是人算不如天算,年假的第一天,因为台风要来,所有轮渡都停航了,我们下不了岛,只好在岛上多待一天。在走回宿舍的路上,看着并没有想象中那么颠簸的海面,来自广东的我和来自台湾的朋友自以为对抗台风的经验丰富，认为这种浪就停航，老外真的是太胆小怕事了。

没想到飓风下午就显示出了它的威力，浪卷起了、树吹斜了，小小的岛突然开始风雨飘摇。我们很快就收到人力资源部的通知：所有员工收拾好必要的随身物品到酒店的多功能厅集合。这个通知让我突然紧张了起来。集合意味着什么？我的假期是不是泡汤了？我们是要逃难了吗？虽然自诩"见过世面"，可是我还没经历过这种逃难。我头脑里快速盘算了什么东西是最重要、必须要带的，除了把手机、护照、银行卡紧紧握在手里，放眼望去，我竟发现没有别的必须要带的了。人生中总有些画面会被定格，继而影响人整个一生，于我而言，这次逃难大概就是其中一个。面对着凌乱的行李，突然明白了人们一直说的"断舍离"。

我照着部门发的参考清单收拾了牙膏、牙刷、毛巾等物品，然后就匆忙地赶往指定的集合地点。出门才发现原来大家都很慌乱，有的人来不及穿鞋还光着脚，有的人什么都没带，还有的人扯了黑色的垃圾袋充当雨衣。部门安排平时运货的厢式车接人，虽然天气恶劣、形势紧急，但是一群人仍井然有序地一个个爬上车，挤在里面，到达目的地之后又一个个从货厢里跳下。我们那时还不知道，这才只是开始。

一个平时最多可以容纳80人活动的多功能厅被当作飓风避难所，硬生生挤下了180个人。总经理匆匆赶来，告诉我们今晚不能回宿舍，要看明天台风的走向再做决定。于是我们找了够自己躺下的地方，把行李收好，搭建起了临时的床铺。

其实，前两天"避难"并没有让我过于担心或恐惧，反而有些兴奋和新鲜。难得大家都聚到了一起，我们聊天、玩游戏、打牌。岛上供电稳定，大屏幕还可以使用，有人在播放电影。无线网络信号也很好，有人在跟家人视频报平安。晚餐时间一到，部门经理就让我们分批去餐厅吃饭。平时员工餐厅是要饭票的，5澳元一餐，眼下情况特殊，餐食全部免费提供。免费的餐食质量居然比平时的还要好，汤、甜品和水果都供应充足。避难的第一餐，我们每个人都吃撑了。

总经理时不时地来说明当下的情况，部门经理一直在门口守着我们。飓风来袭时岛上的员工有100多人，滞留的客人近300人，一部分客人被集中安置在另一个多功能厅，另一部分客人留在酒店客房。还有不少员工仍然在工作，给客人送餐、维持岛上秩序。而管理层无一例外地站在了抢险救灾的最前线，他们寸步不离地守在门外，实时向大家报告飓风的强弱情况。

一两天的新鲜劲过去了，天聊完了，牌打光了，游戏也玩腻了，大家渐渐开始疲惫，可是飓风却没有丝毫减弱。它正面扫过小岛后居然又打了个回旋，换个方向又一次袭击了小岛。总经理本已通报飓风已过，预计明天就可以回到住处，可是晚上又不得不改口说再等一等。

第三天晚上，对外界情况一无所知，又未脱离飓风危险的人们开始焦虑起来。我们的华人同事群里也出现了一个小小的插曲：一位同事开始对总经理一拖再拖不让我们出去的做法产生了怀疑，她怀疑酒店管理层不能准确跟外面沟通岛上的情况，也怀疑澳大利亚政府会放弃岛上的这些人。"如果现在不让我们撤离，等风浪再大起来，我们就不可能有机会出去了，而且这里的水和食物肯定会不够的……你自己的生命难道要交给他们安排？"她的一席话让我哑口无言。她提出联系中国驻澳大利亚大使馆的工作人员，就算不能立即提供帮助，也可以告知一下，让他们有所准备。而这样的举动被另一部分华人同事认为多此一举，酒店管理层做了所有的危险工作，在外面为保护我们而奔忙，我们为什么还要去怀疑他们？难道信任的成本要如此之高？

我坐在角落里看他们争论，像墙头草一样摇摆不定，一方面我也很重视自己的生命，而另一方面我想感谢保护我们的人，也为他们受到这样的质疑而打抱不平……就在我左右为难的时候，转头看到依旧轻松谈笑，围着一束光就能嗨起来的老外同事们。我在想：为什么他们不像我们一样担心，是他们不爱惜自己的生命吗？还是他们比我们更相信自己、相信他人？这个大房间里的所有人都面对着相同的处境，可是我们的经历、文化、思维却让我们表现出了截然不同的状态。这是这场飓风留给我的第二个定格画面：重要的不是你经历什么，而是在经历当下你的内心相信什么、秉持什么、坚定什么。

到了第四天，供电开始不稳定，无线网络信号时有时无。好在厨房的食物充足，只是明显感觉有些东西再储存下去可能就要变质了，瓶装饮用水也开始限量供应。厕所的水停了，需要人工提水，大家自动分组轮流抬水。晚上没有灯，就用手机照明。一连三天没有洗漱，大家都是一脸倦乏。记得在一个角落里，一个触景生情想念起家人的朋友跟我讲述了她作为一个同性恋者从小到大如何与家人对抗、与自己对抗的心路历程。没想到，我们在以往无数次的谈话里未曾道破的话题，竟因为飓风的到来而坦诚相待。原来，人在脆弱的时候，也是彼此离得最近的时候。风雨中没有谁能独自安然度过，此时的房间里，我们就是一个整体，彼此依靠、彼此取暖、彼此信任、彼此安慰。

4天过后，我们终于等到了好消息。总经理确定地跟我们说飓风已过，可以出去了。当走出困了我们4天4夜的多功能大厅后，我们怔住了。外面满目疮痍，一副世界末日的模样。飓风刮走了码头，刮走了作为酒店标志的美人鱼雕塑；几十年的老树被连根拔起，树枝四散飘零；海边栈道摇摇欲坠，破碎的玻璃散落一地……我们本以为一切可以恢复如初，但没想到小岛被彻底摧毁，这里没有水、没有电、没有食物，我们必须尽快离岛。

· 逆向人生 ·

∧
飓风过后的小岛

飓风吹散白日梦，却带来感动

当我最后一次走回员工宿舍时，心里有说不出的难过。越是见过它的美，就越难以接受它此刻狼狈的样子。这个吸引人们不远万里前来的地方，此时看上去就像是人间地狱。从前随手一拍都是一幅画，现在不管往哪里看，都只是觉得心疼和惋惜。

我们收拾行李，互相拥抱、合影，大家都哭了，因为昔日里珍珠一般绚烂的小岛，也因为这突如其来的离别，更是因为我们共同经历彼此人生中那难忘的4天4夜。今日一别，将是天各一方。

我们排着队，一个接着一个登上了船。船在艾尔利沙滩靠岸，酒店给我们安排了两晚的免费住宿，两晚之后大家就要另谋出路了。但艾尔利沙滩也是飓风受灾区，停水停电，街上的餐厅没有开门，只有超市限时开放，供应基本的食物。很多人一上岸就开车离开了，我跟朋友住了两晚之后决定自驾北上去凯恩斯。

远行前我们先去给车加油，刚好赶上加油站灾后重新开张。车子排了很长的队，为了保证后面的车都有油加，每辆车都很自觉地只加20升。后来我得知，那段时间那里的油价可能是全澳大利亚最低的。在这种时候，价格不升反降，这可能是澳大利亚人"傻得可爱"的地方。沿途我们了解到，灾区有很多临时搭建的救助点，人们可以免费领取食物或要求安排简单的住宿。

在凯恩斯的时候，我们听说澳大利亚政府会给灾区人民发放救助金，只要是飓风时人在灾区的就可以领取，不限国籍。我们想一试真假，也想再回去看看。就这样，在凯恩斯停留了10天之后，大家又一路南下回到了艾尔利沙滩。到达后我们直接去了当地的救助点，一进门工作人员就围过来嘘寒问暖，先是问我们需不需要食物和水，然后又问我们在飓风中的损失，还关心地问了我们现在的生活情况。

  登记的过程有点慢，因为工作人员都是响应号召、从各个城市赶来灾区帮忙的志愿者，他们中有的是教师，有的是警察，所以不够专业，让我们不要介意。怎么会介意呢，我们应该感激才对。我们边登记边聊天，聊起朋友们那么突然地就离别了，现在散落各地，不知道大家现在过得怎样。聊着聊着我就忍不住哭了起来，旁边一位工作人员马上过来安慰我，她先是和我分享她在中国旅行的趣事，分散我的注意力，然后再问我有没有跟身边的人聊过这些心事。我意识到她可能是专业心理咨询师，以为我有灾后心理创伤的问题，我赶忙感谢她的贴心，解释我很好，只是想念朋友、想念小岛、想念那些日子。临走时，我们每个人都领到了近400澳元的救助金和一张50澳元的超市购物卡，还被塞给了一大袋泡面、面包、水果和牛奶。

  对于一个途经此地的旅行者来说，从飓风开始到现在，我感受到了身边满满的善意。每一个向我们伸出援手的人，他们都未曾问过我来自哪个国家、做什么工作、是游客还是居民……灾难面前，人与人之间的无差别、无隔阂在诠释着"文明"这个词的重量。

  这次有惊无险的生死瞬间，无形中改变了我对人生的很多看法。跟很多人聊起这段经历的时候，大多数人张大了嘴表示同情。但对我而言，我庆幸自己赶上了这样一场飓风，它是一段独一无二的经历，像是老天爷在我间隔年里的特意安排，它让我永远地记住在白日梦岛上那些珍贵的日子，不管再遇到任何困难，我都可以更加从容淡定地应对。

TIPS

白日梦岛招工信息

白日梦岛是离艾尔利沙滩最近的一座小岛，在昆士兰州中部沿海，符合集二签的地区要求。

▷ 待遇：时薪是 18.97 澳元，公共假日双薪。每周根据工作时数发放工资，有年假。年假可以累积起来一起休，也可以离职的时候按时薪标准折算成工资。

▷ 食宿：岛上住宿一周 70 澳元，有双人间和四人间，价格相同。员工餐厅早餐免费，24 小时免费供应牛奶、麦片、茶、咖啡及各种果酱。午餐、晚餐使用饭票，一张 5 澳元，自助式，有主食、水果和饭后甜点。

▷ 目前状态：飓风之后小岛关门重建，最新消息是预计要 2019 年 5 月重开。预计重开时会有用人需求，有兴趣的可以在 Facebook 上关注"Daydream Island Spa & Resort"，留意上面发布的信息。

周边工作信息

艾尔利沙滩的中介公司 Seven Oaks Hospitality，主要提供客房整理（housekeeping）的工作，平时时薪 23.75 澳元，周六时薪 28.5 澳元，周日时薪 33.25 澳元，节假日时薪 47.5 澳元。

▷ 工作申请网址：https://www.sevenoakshospitality.com.au/#!/careers

∧

孤独就是，我看遍全世界的美景，她却不在身旁

贝壳沙滩可以没有沙子，但不能没有贝壳

∨

＜

分不清是在工作还是度假的赫伦岛

＜

莫愁前路无知己

如果你也一个人

请像他一样，爱大海

请像他一样，不要停止学习

请像他一样，就算老去，也依然拥有全世界

一辆破车助我实现环澳梦想

麦夸理港海滩上五彩斑斓的大石头

∧　弗里曼特尔的蓝色

＞

珀斯的微笑

∧　伊丽莎白港的记忆

∧ 另一种梦想:能拥有这样的一个独门独院,种满五颜六色的花花草草

∧　　我们即风景

∧　　Hi！客官：变电箱上的涂鸦艺术

<

出发，不是为了寻找希望，而是为了拥有勇气，以更好地面对绝望

>

一山一海一壶茶，两个人

< 2019澳网女双冠军——张帅和萨曼莎·斯托瑟（Samantha Stosur）签名的帽子

> 重生的太阳
摄于悉尼拉彼鲁兹区
（La Perouse）

∧　当我们老了，是否也会有这样的惬意？

∧　梦想就好像热气球，心怀火热才不会让它在这个广阔的世界坠落
　　摄于凯恩斯，亚瑟顿高原（Atherton Tableland）

∧

空无一人的雪山小火车

异乡人的周末时光

——陈星耀

> 抢到打工旅行名额后只一门心思地想着存钱去玩,可当生活了一段时间后,钱是存到了,玩却还没有提上日程。闲来无趣的周末,他游走在当地的华人和移民圈,开启了在澳大利亚的多彩周末时光。

澳大利亚是一个多元的国家,能够包容不同的民族、不同的宗教和不同的饮食文化。所以,我一直好奇那些带着原生民族烙印的新移民是怎么在这里生存和生活的。这或许也是很多即将来澳大利亚打工旅行的小伙伴关心的问题,或许大家可以从他们的生活中看到自己未来的一种可能。

我认为，一周七天里，最能体现一个人的生活理念和状态的就莫过于周末了。于是，在打工旅行期间，我经常通过沙发冲浪（couchsurfing）的方式入住当地人的家里，与他们共度周末。

来之容易的免费食物和社交

金和埃玛曾经是沙发主和沙发客的关系，后来日久生情，升级为了伴侣。从沙发冲浪网站上来自各国沙发客和沙发主的评价可以看得出来，他们酷爱旅行，而且是重度穷游爱好者。背包客、帐篷和徒搭（徒步和搭车）是他们的旅行关键词。

根据以往的经验，入住这种"骨灰级"穷游爱好者的家，通常需要自备睡袋。如果需要用厨房做菜，往往还需要自己到超市采购食材。可是，他们不仅给我提供单独的大床房，还为我准备晚餐。怕我吃不饱，他们还特意补充了冰箱里的食物。

思来想去，一对"穷游情侣"给我提供"奢侈的沙发"，总觉得哪里不对劲。他们看着我困惑的表情，才忍不住跟我说，满冰箱的食物都是从垃圾桶里捡来的。

我无条件地相信他们，因为这才像他们一贯的作风。至于是哪里的垃圾桶有那么多好东西，我表示很好奇。

于是，他们带我去了最近的卖场，那里有一个集科尔斯（Coles）、沃尔沃斯（Woolworths）和阿尔迪（Aldi）（编者注：三者均为澳大利亚常见的连锁超市品牌）于一体的大型卖场，他们就是在这个卖场后门的垃圾桶里捡垃圾。那些垃圾，大部分都是因为包装有缺陷或者刚过保质期而被扔到了这里，正常食用是没有问题的。

做埃玛和金家的沙发客，每天晚上一局大富翁是少不了的

原来大富翁的游戏规则是全球通用的，只是文字和配图有所不同而已

当晚，我们满载而归，酸奶、牛角包、金针菇、辣椒、意大利面、薯片、蔬菜、大米……短短10分钟获得的战利品，比往常逛两小时买到的还要多。

他们捡垃圾的任务通常这样分配：金负责爬垃圾桶，将能用的、能吃的东西扔到地上；埃玛负责探风，顺便将地上的东西装进纸箱。等箱子装满后，他们再以最快的速度撤离现场。捡完垃圾后，他们通常会烹饪出各种美味，邀请好友来家里品尝。

准备离开的时候，我问埃玛，你们这么节省，钱都花在哪里？她也许早就猜到我会问这个问题，答道："我们的钱几乎没怎么花，都存起来，等哪天不想工作了，就出去玩个一年半载，玩腻了再回来工作。毕竟我们没有买房的压力，存的钱除了用来应对特殊情况和意外，还有一部分作为定期的旅行基金。"

"城会玩"的苏格兰大叔

约翰是苏格兰土著，十年前厌倦了在英特尔的工作，离开了苏格兰。不久后，他买了一套布里斯班的房子，随后便只身前往澳大利亚，经过一番努力后找到一份政府的工作。

下班后，他总有很多空闲时间来培养自己的兴趣爱好，积极生活的他还组织各种大大小小的主题活动，邀请新老朋友到他家做客聊天。久而久之，他就有了自己的朋友圈。

约翰的家布置得很温馨，难得一见的复古油画、从南美洲淘回来的奇异装饰品、充满亚洲味道的日本筷子、来自各国的冰箱贴、泰国的精油、俄罗斯的海报和澳大利亚本地的红酒……他说，在艺术这件事上，不能省钱。所以，除了社交和日常开销外，他总会抽一部分工资来买书、看电影、逛展览或者收购艺术品。

与此同时，他还是一名房东。他把地下室出租给了本地一对设计师情侣，他将这笔固定的租金作为自己的旅行基金。这些年他凭借这笔旅行基金走过了不少地方。如果要形容一下约翰的生活，我想应该是"自律的潇洒"吧。

我到约翰家的那个周末刚好是他的生日，他提前一个星期在网上发布了生日派对的时间和地点，我提前一天赶到，帮他准备食材、布置场地。那天早上10点过后，不断有人按响门铃，大家都提着或多或少的食物来做客，

哥伦比亚留学生为寿星约翰奉上
精心准备的生日蛋糕

用德语、西班牙语、葡萄牙语、汉语祝约翰生日快乐！

"不存在"的周末

  阳光海岸是一个距离布里斯班只有一个小时车程的沿海小镇，这里有不少来自中国、日本、韩国和欧美国家的打工旅行者。他们聚集于此的主要原因是黄金海岸属于二签区域，我虽没有集二签的计划，但仍然在这里找了一份苗圃嫁接的工作。

  来自台湾的工友小琪工作起来非常认真，她是张敬轩的歌迷，为此她还自学了粤语，所以我们聊天大部分时间都使用粤语。因为她，我又认识了同样来自台湾的她的室友，她们都是同时打两份工，一份是周一到周五的白工，另一份是周末的黑工，要么在华人餐厅做服务员，要么在按摩店里做按摩师。黑工的薪水用来交房租，白工的薪水存起来环澳旅行。

小琪说，台湾经济不景气，年轻人的薪资普遍较低，这里的周薪相当于他们的月薪，所以越来越多的台湾年轻人会来打工旅行。不是为了旅行，不是为了间隔年，而是为了钱。

沉默几分钟后，她补充道："我来这里是为了旅行，为了开阔眼界，但也是为了钱。"

去彼此的城市打工旅行

法国小伙瓦尔是我的主管，我们经常在同一个区域工作。他很喜欢跟大家聊天，他崇拜成吉思汗、仰慕切·格瓦拉、梦想去南美旅行……他总是有用不完的精力和出人意料的点子。

瓦尔是一个很有故事的男同学。5年前，他在法国申请到了澳大利亚打工旅行签证，随后成为众多背包客中的一员。当时他常驻墨尔本，由于英语不好，找不到理想的工作，大部分时间都在墨尔本周边游玩，直到他认识了现在的妻子，一名当地的中学教师。他想安定下来，可惜那时，他的签证即将到期。于是，他的妻子决定申请法国的打工旅行签证，顺便考察一下到底哪个国家更适合他们居住。一年后，他们离开了法国，回到澳大利亚定居，因为法国的薪水低、消费高。

他们喜欢生活在安静舒服的小城市，喜欢看海和钓鱼，不想要过多的社交活动，所以一路走走停停，最终选择了阳光海岸。他的妻子在中学教

∧

陪家人去湖边钓鱼,或者海边冲浪,
是澳大利亚人的周末日常

书,他在农场工作。四年里,他从普通员工升到了部门主管,在郊区买了一套小别墅,他的薪水用来还房贷,他妻子的薪水用以日常生活的开销和理财投资。

  周末,他们会去钓鱼或是冲浪,有时也会跟朋友在家里烧烤。但也有例外——世界杯期间,瓦尔每个周末都在家里看比赛。法国队夺冠后,他还任性地请了一天假以示庆祝。

根据我近一年的观察，这些留下来的异乡人，社交能力基本都很强，喜欢参加聚会，善于运用互联网找到生活在同城且志同道合的朋友或者老乡。至于周末活动的丰富程度和消费等级，很大一部分取决于他们是否有澳大利亚永久居住证，或是否有房贷和房租的压力。但无论他们是什么身份、是否有房、原来生活在哪个国家，他们基本都会存钱，只不过华人会存得多一点，欧美人会存得少一点。但他们的存款中，总会有一部分作为旅行开销。

其实，生活在澳大利亚，无论是打工旅行者还是移民，每天依旧离不开柴米油盐酱醋茶，一样要面对居高不下的房价和日常生活开销，一样要面对社保、医保之类的福利问题。只不过是到了一个新的国家，换了一座城市，也换了一种新的社会体制和价值观。

一年的打工旅行临近尾声，我完成了来时定下的小目标，存到了足够的钱，认识了不少"毁三观"的朋友。可我还是决定离开澳大利亚，回到国内生活。因为我觉得我"不务正业"够了，也厌倦了换工作、换室友和换城市的生活，我想要停下来，消化一下这一年的经历，体验一下朝九晚五的生活。

此时，在电脑前写下这些文字的我，脑海中浮现着在澳大利亚生活时的点点滴滴，也许这就是"被浪费的青春"的意义吧。

TIPS

沙发冲浪攻略

◇ 注册 Couchsurfing 账号。

◇ 完善个人资料,一般包括自我介绍、兴趣爱好、喜欢的书、电影和音乐,能为沙发主提供什么,为什么会加入 Couchsurfing,做过最疯狂的事,去过哪些国家或在哪些国家居住过。

◇ 上传个人照片。如果你也打算接待沙发客,则需上传接待沙发客入住区域的照片,补充最多能接待几个沙发客、是否有性别要求等信息。

◇ 给心仪的沙发主发送住宿请求,说明来意、准备待多久、入住和离开的确切时间。结合沙发主的简介写一些沙发主感兴趣的内容,可以大大提高回复率。

◇ 无论是接待完沙发客,还是当完沙发客,事后都记得登录 Couchsurfing 的网站写评价,评价你们对彼此的印象和相处感受等(英文填写)。这一点是非常有必要的,一是沙发主会认真读完你的评价,便于更好地接待下一个沙发客;二是你的评价越多,申请沙发客的通过率就越高。

爆炸头的环澳笔记

——爆炸头

> 爆炸头,"90后"大学生,休学一年到澳大利亚打工旅行。自驾独行2万公里的环澳路,走遍了澳大利亚的万水千山。当366天完结,他又回到了梦开始的地方。

万里之行,始于足下

2015年12月27日清晨,我坐在墨尔本的联邦广场上,害怕而又紧张。我在家庭的聊天群里发了条信息:"爸妈,我到墨尔本了",并拍了几张照片发了过去,怕他们以为我是在开玩笑。

是的，我是个"不孝顺"的孩子，出发之前并没有告诉父母。我偷偷向学校申请了休学，用自己攒下的钱买了张廉价机票，兑换了几百澳元不辞而别，悄然前往澳大利亚，开始我的间隔年。

此行的目的是体验国外生活，我并没有赋予它太多的意义。我先是在墨尔本的按摩店度过了半年的时光，然后5月中旬买车，6月底辞职，7月出发环澳，开启了梦想中的旅程。要么不旅行，只要上路了，我就要环游澳大利亚一圈。

2016年7月10日，我开着车一点点地远离墨尔本。独自开车环澳，这个决定是疯狂的，我难免有些害怕。前路是未知的，这就叫作流浪吧！当车里的音乐响起，听着朴树、许巍的歌，我落泪了。

这是我第一次开长途车，600多公里，中间几乎没有休息。连开几个小时身体都麻木了，要大喊一声才能让自己清醒过来。夜幕已经降临，冬天的堪培拉格外寒冷。站在安斯利山上，首都寂静的夜景也格外动人。

我把车停在居民区的附近，洗脸刷牙在麦当劳解决。这是我第一次睡在车里，我并没有感到害怕。刚躺下没多久，车顶就传来滴滴答答的声响，下雨了。我盖上睡袋，舒适地又平静地躺下。天气很冷，雨下了整整一夜。

7月12日，我开了200多公里的山路，到达蓝山山脉，一路都是好风景。蓝山是不是自己想象中的样子已经无关紧要，跟随自己的兴奋，不执着于结果，也许这就是旅行的意义。夜里的大风让我想起家乡的冬季，我在车里艰难地挺过了一晚。夜里下了一阵雨，第二天早晨车门把手都结了冰。

7月14日，从三姐妹峰下来，我开车直奔悉尼，借宿在朋友家。悉尼是我的补给站，短暂的休整缓解了旅行的疲惫，北上的路是漫长的，我已经做好了准备。

沿新南威尔士州海岸线一路北上，时间变得越来越慢。沿途的风光美

在安斯利山俯瞰堪培拉

不胜收,在麦夸理港的海边我看到了跳跃的海豚。7月22日,我抵达了澳大利亚大陆最东端的拜伦湾,随后继续前往黄金海岸。高层建筑与海滩在那里完美结合,像一座度假村。在沙滩上打发了一天的时间,我好想在这里住下,面朝大海,春暖花开。布里斯班河两岸迷人的夜景让我尤为喜欢,但我只在这里停留了两天。

囊中羞涩，农场受挫

7月25日，在阳光海岸附近，汽车轮胎和引擎先后出了问题。2天后我到达农业重镇班达伯格，由于资金不足，无法继续剩余的旅程，于是我找了一份农场工作，和世界各地的背包客一起摘西葫芦和夏威夷果。农场的工时不稳定，住宿条件也不好，再加上每周200多澳元的房租，挣不到钱，这只能算是一种体验了。

让一个日行500公里的人停下来是可怕的，每天要是不开几小时车，我总感觉少了点什么。只有握住方向盘，我才能感受那种难以言喻的兴奋和美好。所以我只工作了一周就离开了。

再回布里斯班，又会面临怎样的境遇呢？一切都是未知的。大城市的工作机会多，我希望可以挣够旅费。环澳2万公里，我最不愿意走的就是回头路，但为了完成环澳之旅，我和自己赌气似的开了300多公里，累得眼睛都睁不开了。

8月14日，我找到了工作——不过是我不想再做的按摩工作。那是一家新开业的店，根本没有顾客，一天下来我只挣了30澳元。面试时，老板吹牛说："一天至少挣120澳元，如果你只想每天挣100澳元，那你就不用来这干了。"现在看来真是一个笑话。

我已经没钱了，但我不想再做这份工作了，我重回了班达伯格。虽然我想过重回农场会继续被坑，但没想到的是，这次比上次被坑得更惨。

我住进了一家亚洲同胞比较多的工作旅舍，室友是个香港小哥。他说刚来的第一个月，每周挣的钱也就勉强够交房租，吃饭还要自己贴补。8月18日，工作第一天，我便体验到了做奴隶的感受。工作从6:00到16:00，休息的时间超不过40分钟。农场主是个练拳击的壮汉，会用中文骂大家"白痴""傻子"。我们拿着最低的报酬,做着最辛苦的工作,却得到畜生一般的待遇。

这些经历让我干脆放弃了辛苦赚钱的想法,不能再浪费时间了,我要马上辞工出发,用从父母那里借来的钱,完成我的环澳旅行。

栉风沐雨,一往直前

8月19日8:00,我坐在车里,眼泪差点掉下来。走了1200公里冤枉的回头路,现在终于要重回北上的正路。下一站,达尔文。

那是一片被毒辣的太阳炙烤着的热带荒原,沿途人烟稀少,条件艰苦。我做好了最充分的准备,在超市买了足够一周的食物和水,怀着一颗平静的心,驶入了2000公里的荒漠。

但我心里还是没底的,天色已经不早了,前方一片荒芜,我晚上要在哪里过夜?在东海岸时,我会住青旅,或者把车停在居民区,在车里睡一晚。现在我该怎么办?难道要把车停在路边睡一觉吗?我不知道要开多久才能找到住的地方,心里忐忑不安,便故意把音乐声调大,给自己壮壮胆。

我是幸运的,跟着路边的指示牌,我找到了一个休息区。天已经黑了,休息区透出温暖的灯光。有几辆房车在这里过夜,还有一家人在车前面生火烧烤。顿时,我像吃了一颗定心丸——原来,不只有我一个人。

横穿中部大漠,饱览红土白云、日出日落、星月银河,品尝着孤独和寂寞。到达尔文已是4天后。到了那里,北上的路也随之结束,我的足迹已踏过半个澳大利亚。它就像一个折返点、一个里程碑。最艰难的路已经走过,回归之路将会是一片坦途。

9月2日16:00,我抵达了澳大利亚西北部重镇布鲁姆。当双脚浸入海水

·逆向人生·

∧

凯布尔海滩的日落

的那一刻,感动自心中涌起。这是艰难的跨越,从太平洋到印度洋,横贯澳大利亚大陆。伴着广阔的天地、美丽的银河,日行千里、风雨兼程。凯布尔海滩(Cable Beach)雄浑壮阔,这是在西部才能见到的美景,身在其中的我感动不已。

夕阳的余晖渗透在云和海水里,每一层的色彩各异。天空渐渐变黑,层次也不断变化。慢慢地,一颗最亮的星在天空中显现。我就这样饿着肚子看了2个小时,不忍离开这梦幻一般的景色。

之前同在墨尔本按摩店工作的韩国同事威廉,早在几个月前搬家到了珀斯。我和他说过,一定会去找他,我做到了。久别重逢,感慨万千。威廉和他的房东沟通好,让我可以免费住在家里,还做了韩国料理款待我。

在威廉家一住就是一个星期,9月16日,天气晴好,到了告别的时刻。威廉早晨要去上课,我开车送他去学校。从后视镜看到他站在原地久久没有离去,我有些难受。我握紧方向盘,一口气开了2个小时没有休息。路上,我看到了漫山遍野的油菜花,这是生活在北方的我一直渴望却从未见过的景色。

2016年9月22日,环澳2万公里的最后一天。这一天没有什么特别,就像之前在路上的每一天。当我踩下油门为我的环澳之旅倒计时,我想起了一句歌词:"就像你不知道这竟是结局。"

天还是那么阴,但是隐约可以看到东方的日出。到达瓦南布尔时,天放晴了,大洋路从这里开始通向墨尔本。到达十二门徒时,蓝天白云,风和日丽。眼前的美景让我感觉是在梦里。我走着走着,分不清自己是在梦里还是在现实中。一样的海、一样的岩石、一样的天气、一样的我开着一样的车,我怀疑自己是不是已经穿越时空回到了两个月前出发的那一天。海水不停拍打着巨大的岩石,我看了好久好久。不知过了多长时间,直到一个金发

大洋路十二门徒

· 爆炸头的环澳笔记 ·

姑娘拍了我一下，我才意识到是时候了，该走了。

环澳旅行抵达终点——我最爱的大洋路，万里之行在这里结束。气温比2个多月前高了不少，墨尔本的春天到了。

环游澳大利亚第74天，我开着车，唱着歌，不知不觉已经哽咽，泣不成声，泪如雨下。是感动，还是感慨？是快乐，还是悲伤？万千感受于这一刻爆发。联邦广场，我抵达澳大利亚的第一站，梦开始的地方。如今又回到这里，奇幻的旅程就此结束。从大陆这边到那边再回到这边，从太平洋岸边到印度洋岸边再回到太平洋岸边，这个长长的梦，可能很快就会被遗忘。可是这里的天地早已融入我心，铭刻进我的灵魂里。

TIPS

自驾环澳攻略

▷ 关于车

在车子不出现大问题的情况下，自驾环澳至少需要6000澳元的预算。空间大、后排座椅靠背可以折下来的车是不错的选择，这样就可以在不方便搭帐篷时直接平躺在车里休息。出发前给车做个保养，定期检查轮胎气压。途中如果感觉车况不好，及时到修理厂检查。

▷ 旅行信息

下载关于澳大利亚露营的手机App，上面会有很多实用性信息。比如休息区和露营地的位置、免费洗澡的地方等。去北部热带地区开车旅行时要尽量避开雨季，6—9月会比较适合。但这几个月份却是南部阴冷多雨的冬季，大雨会导致有些道路禁止通行，湿滑的路面和模糊的视线会增加事故风险。出发前请务必记得查阅天气信息。

间隔年，职业规划路上加速助跑的一年

——迟巧双

"211"高校毕业后进入微软工作，四年零八个月后辞去工作前往澳大利亚打工旅行，在凯恩斯一家老牌旅行社负责线路定制与媒体运营工作六个月有余。这猝不及防且毫无预兆的"跨界"成为我职业生涯中浓墨重彩的一笔。

我在大学时主修英文，毕业后误打误撞顺利进入了世界五百强企业之一——微软。每天面对着无限重复的案例分析，一晃就是四年半，在这个安逸的环境中，我就像被温水煮的青蛙，渐渐失去了初入社会时的激情。

职业上的瓶颈我始终难以突破，无限循环的日子让人"细思极恐"。2018年上班的第一天，我似乎一下看到了这一年的未来。是时候离开了。要问这是谁给我的勇气，我不知道，可能是迟到十年的叛逆期。

烈日下街头发简历的心酸，你可曾尝过

2018年3月6日，我一个人跌跌撞撞、懵懵懂懂地踏上了澳大利亚这片土地。刚来到墨尔本的我并不适应，似乎也是自己拒绝适应，那索性就当来度假吧。

3月25日，我抵达凯恩斯。众所周知，在凯恩斯最常见的工作地点有餐厅、酒店、农场和礼品店。但这样的工作除了让我知道如何把盘子刷得更干净、把被子叠得更利落、把香蕉摘得更省力、把礼品卖得更高效之外，之于我还有何用？在凯恩斯这样一个坐拥大堡礁与库兰达热带雨林两大世界遗产的著名旅游城市，旅游业收入占其全部收入的80%之多，想想，如果能够找到一份可以窥探这座城市核心的工作应该不错。

于是，带着自己的不服输和小倔强，我在40℃的烈日下开始了我人生中第一次"扫街"找工作。我拿着厚厚的一叠简历一家店一家店地询问，然而所有店员都会报以微笑且礼貌地回应"暂不招聘"。雨季的凯恩斯时不时还会下个大雨。至今，我还清楚地记得自己在街上委屈地号啕大哭的情景。

初踏凯恩斯旅游业，小白进阶打怪记

也许是命运的指引，我遇到了伯乐西丽。虽然我没有丝毫在旅行社工作的经验，但在与西丽分享了自己在国内的工作经历、对旅游业和新媒体的

·间隔年，职业规划路上加速助跑的一年·

∧

偌大的墨尔本，我却找不到一处容身之所

见解后，我拿下了这份心仪的工作，光荣地成为公司的一员，正式跻身凯恩斯旅游业。

经过一周的培训，我就要独立上岗了。满墙的宣传册，上百种行程，我还没适应澳大利亚口音就要直接电话预订行程了。毫不夸张地说，那时候每次给老妈打电话我都会哭，压力好像真的有山那么大。

除了家和公司，我去得最多的地方就是图书馆了。背着几斤重的宣传册，我一张一张地研究、翻译、背诵、记忆。同事为客人介绍行程的时候，我也会用手机录下来学习。

一个月后，如果你再问我凯恩斯有多少艘船去大堡礁、几点出发、哪里登船，凯恩斯的直升机、跳伞、蹦极、滑翔翼等各种活动的各种注意事项，凯恩斯上天入地下海的N种玩法……我都能够对答如流。每天我们都要接待来自世界各地的客人，他们有五花八门的口音和故事，我的世界也正在变得宽广。每次听到客人告诉我他们玩得有多开心时，我就很有成就感。

在这几个月期间，我还参与了办公室的翻译和文案工作，我从一个只会对公众号指指点点看热闹的外行人变成了一个能够捕捉用户需求和市场风向的新媒体人。面对红利期已过、鲜有粉丝关注而无从下手的状况，那种焦虑与彷徨至今仍令我心有余悸，但机会总是留给有准备且用心准备的人。

一个由昆士兰旅游局举办的旅行活动选择了我们公司作为合作地接伙伴，而我决定要抓住这个宣传的好时机。凯恩斯市长、参议员、旅游局代表、南航总经理、凯恩斯机场负责人与60多位旅游达人共同参与了这次活动。我趁热打铁，借着旅行达人们的东风，经过一番后续的宣传与跟进，我们公司算是一炮而红，公众号吸引了不少游客与媒体的关注。

·间隔年，职业规划路上加速助跑的一年·

∧

与一见如故的"澳范儿"旅行达人小伙伴在一起

你若盛开，清风自来

在凯恩斯，我曾多次出海大堡礁、出走雨林深处，也曾通过热气球、跳伞、雨林秋千、小飞机等不同的方式，从不同的角度去铭记它的美。我对旅游定制工作已完全熟练，媒体运营也逐渐走上正轨。我开始思考，除了享受这一份美好与稳定，自己还能为凯恩斯、为公司做些什么。

也许在大多数人眼里，凯恩斯仅仅是一座美丽安然的海滨小镇、一个有名的旅游打卡胜地，与澳大利亚其他旅游城市毫无二致。但在我眼里，她有着自己独特的人文、有着自己别样的情怀，而这些全都隐藏在凯恩斯背后一个又一个不为人知的故事里。我想把这一切通过访谈的形式用文字与影片记录下来，用一个个代表人物的真实故事来描绘一个不一样的凯恩斯，一个你来了之后就舍不得离开的魔力小城。

幸运的是，这个想法得到了老板的支持。草拟策划案和采访名单仅仅用了一下午的时间。第一位被采访者我们确定为凯恩斯唯一一家火锅店的老板，后续的联系、沟通、正式拍摄仅用了不到一周的时间。原来，只要你想要做一件事情，全世界都会帮你完成。接着，我们又策划推出了百年茶馆四代人的梦、SPC英语学校的日本老板、为凯恩斯操碎了心的市长大人等访谈。虽然毫无采访创作经验，但是初生牛犊不怕虎的我每天都在学习，每天都在进步。

自国内开通了直飞凯恩斯的航班之后，很多国人将凯恩斯作为澳大利亚之旅的第一站，自然有更多的人会咨询凯恩斯或是周边地区的行程推介。看准这个契机，我便向公司提出外站行程的开发。我利用假期时间去白天堂沙滩、黄金海岸、布里斯班的热门旅行地以及小众自驾路线踩点，回来后将行程整理为攻略。我不仅与当地的合作方建立了良好的关系、丰富了公众号的媒体内容，还拓展了日后的业务范围。虽然打工旅行的标签注定我是一名过客，但我仍然希望能够以此为开端，引领大家玩转凯恩斯，玩转整个昆士兰州，甚至整个澳大利亚。

三毛有句金玉良言："你若盛开，清风自来。"入澳半年，在凯恩斯旅游业摸爬滚打让我渐入佳境，也让我陆续收到了一些主动抛来的橄榄枝。我

凯恩斯外站行程开发第一站：遇见天堂，遇见你（摄于白天堂沙滩）

可能是一个被互联网行业耽误的"旅游咖"吧。抬眼望望头顶这一片蓝天白云，回头看看这个工作生活了大半年的地方，一切好像梦境一般。在最无助迷茫的十字路口，我选择了澳大利亚，感恩这段经历让我的打工旅行变得与众不同。

间隔年不仅仅是农场牧场、是逃避、是放逐，还可以是职业规划路上的助跑和加速器。你的人生永远不会辜负你，那些转错的弯、走错的路、流下的泪水、滴下的汗水和留下的伤痕，全都会让你成为独一无二的自己。

我的行程已过半，希望下半程自己能够继续保持一颗赤诚之心，与我的职业新方向不离不弃地携手前行。

> TIPS

凯恩斯旅行社招工信息

▷ 所需职位

- 导游：需在澳大利亚停留时间超过一年，持有导游证（Approved Destination Status）。

- 司机兼导游：一年导游经验，持有载客证。

- 策划人员：组织沟通协调能力强，有独特专长更佳（视频、设计、文案、宣传等）。

▷ 招工单位

- 凯恩斯达人游

地址：65 Abbott Street, Cairns, QLD 4870
电话：0431-025-860
邮箱：Cairnstourmaster@gmail.com

- 嗨游凯恩斯

地址：Shop 2 Orchid Plaza, 79 Abbott Street, Cairns, QLD 4870
电话：0432-017-068

- 澳乐行

地址：Shop 40, 1/F Orchid Plaza, Cairns, QLD 4870
电话：0437-518-881

间隔年后的刺痛——从哪里来回哪里去

——吴小喵

> 吴小喵,出生在农村,挣扎在城市的"90后"。近两年的打工旅行经历解决不了思想的空虚,也消除不了对生活的迷茫。当流浪的激情退去后,生活再一次把她拉回了原点。从哪里来又回到哪里去,该面对的总要面对。

"小姑娘你在等车呀?网上预约一辆好了呀,在路边等不到的。"

"谢谢阿姨,我没有手机卡,连不了网。没事的,我就站在这里等好了。"

· 逆向人生 ·

初见墨尔本

我在街头站了足足2个小时,看着人来人往、车水马龙。除出租车比以前难打之外,和2年前离开时相比,好像也没有什么太大的变化。

出发——我是一只自由的鸟儿

2016年1月,我在一家服装品牌公司上班。老板刚给我提薪升职,描绘了美好蓝图。为了做出一番成绩,我约见了总部同事讨教经验,她却告诉我她下个月离职,要去澳大利亚打工旅行。那是我第一次听说打工旅行,我算得上是文艺青年,心里也憧憬着诗和远方,可是我不敢想象一个人在异国他乡要如何工作和生活。得知这个消息之后，我是好奇得心痒痒，每天的话题从讨教工作经验变成讨教打工旅行签证。

我算是雷厉风行，3月抢名额，4月下签，8月出发，一切毫无准备却又像是很早就安排好似的。很多朋友都说我果断勇敢，放弃国内的工作去往异国他乡。其实，也算不上是放弃，本来就是一无所有，何谈放弃。我的家境普通，早些年还有点贫寒，如果社会分等级，那我要排在最底层。

我的父亲是一位读过书、有理想却不得志的农民，我的母亲是一位终生无法行走的小儿麻痹症患者，这样的家庭环境让我很早就学会了独立。小时候，最讨厌的就是下雨天，因为没人会来学校送伞；新学期报道也是我最不喜欢的，因为总是我一个人去；在外面受欺负也从不敢对家里说，因为不想让大人担心。幸运的是，我有一位优秀的姐姐，她很早就担起家庭的责任，给予我很多帮助。正是有了她，我才可以做一只自由自在的鸟儿，我可以自己决定我的未来，谈什么样的男朋友、几岁结婚、做什么工作。

家里对我的每个选择虽有担心，但却从不过分阻拦。就像这次决定来澳大利亚，他们起初并不希望我孤身去那么远的地方，但在我表达了强烈的愿望后，他们只说："父母不能给你什么，你自己的生活自己决定。"而我为何会选择不安定？可能是我太害怕一眼看到头的生活，又或者是我根本不知道想要的是什么样的生活。我不愿多想出去会遇到什么，哪怕每天居无定所、漂泊无依，我只把出发当作梦想。我也不管回来会面对什么，哪怕依旧一无所有、东飘西荡，因为只有在路上我才觉得自己是真实地活着。

到达——这是另一个世界

刚到澳大利亚，我就像个什么都不懂的孩子。每一天都在学习，从如何充手机话费、如何坐车、如何买菜开始。这是个全新的世界，这也是一个没有人认识我的世界。没有身世、没有地位、没有太多的"我应该"，我享受着这里的一切。

到达的第二个月，我面临第一个选择：留在城市还是去农场？城市很吸引人，机会很多，生活丰富多彩，如果能谋一份办公室的工作，回国还能给简历加分。相比之下，农场生活则辛苦和单调很多。但我刚从办公室的格子里走出来，不想再次被禁锢，再加上当时意气风发，一心想要仗剑天涯，不想错过农场这个流汗流泪的好地方。

我所在的农场实行摘果计件排名制，工作时大家都奋力采摘，不管被汗水打湿的衣服，不管被蓝莓枝划伤的手背，也不管没吃午饭咕噜噜叫的肚子，只管把一筐筐的蓝莓往货车上送，一遍遍地看着刷新的排名。被晒到恍惚时，我开始怀念上海，怀念穿裙子、化妆的自己，而现在我只有被太阳晒红的脸颊，被蓝莓枝划伤的胳膊和粗糙的手指。每天站在南半球毫无遮拦的烈日下，感受地表升腾的热气，睁眼闭眼满是蓝莓，我们每天就这样麻木、机械地工作10个小时。回宿舍的时候，我的腿酸到都不能走直线。好在回到宿舍，仿佛又有了快乐的能量：有些人在厨房叮叮当当地准备晚饭，有些人在前厅眉飞色舞地给新手传授采摘的秘诀，有些人在八卦谁的最高纪录是多少、谁上周拿了多少工资，还有些人就站在宿舍前面的空地上，一言不发地抽烟，缓解疲惫。某天，不善言辞的父亲给我发来信息："你现在有悔意吗？在国内不至于过这样的生活吧！在家里什么时候叫你去田里干过活？"我盯着屏幕愣了半天，回了条："不后悔，一生的时间那么长，用一年来出走，值得！"

做了一个月的农民后，我又辗转来到新南威尔士的鸡厂。大抵是摘蓝莓晒太阳热怕了，所以这次我选了一个室内的包装工作。鸡厂的氛围可不比

∧

奔波 11 小时，只为见到这片海

农场那样有江湖豪气。农场是计件制，能者多劳，兄弟姐妹像一家人；鸡厂是时薪制，大部分员工是成帮结派的，多少会有一些纷争：谁最懒、谁最爱拍马屁、谁暗地里给人起外号、谁见谁就翻白眼、谁整天说谁坏话。不过，我知道自己只是个短暂停留的过客，这些是非都是过眼云烟。我只顾着每天包完眼前的小鸡，边包装边想着下一站去哪里流浪。

工厂、农场都体验过了，突然想去塔斯马尼亚看看。通过朋友介绍，我在塔斯马尼亚的一家非遗景区找到了工作。开始是做客房清洁，后来景区餐厅缺服务生，经理让我参加了做咖啡的培训。咖啡师这份工作在我心里够文艺,可是当40个人一起点咖啡、一起催着要的时候,我多想继续回去做客房清洁啊!

日子就这样过了2个月,想想也是时候换地方了,正好朋友邀我去北部集二签,我二话不说收拾行李,出发。

一年多,我来来回回走过澳大利亚的很多城市和小镇,在北部待的时间最长。在这里,我第一次知道了什么叫攒钱,大把大把的澳币每周准时到账的感觉真好。一天上班8小时,工资160澳元,上个晚班,工资可以突破200澳元,周薪可以破千。每天算着工时,不提以后、不提回国,好像时间

塔斯马尼亚餐厅里的打工旅行者

可以一直停留在这里。但是该面对的还是要面对,谁能按得住时间让它不要走呢?转眼签证快到期了,几个中国的背包客围坐在一起,又谈起了将来。

"你们觉得这一年多来到澳大利亚值得吗?"我开口先问。

"当然值得。"她们立刻回答。

"我体验到了自由,什么事情都由自己做主,完全独立靠自己的感觉真好。"小A骄傲地说。

"确实挺好的,要不是这个签证可以边玩边打工,我还不知道啥时候能来一趟澳大利亚呢。"小王停下手机中的游戏,也发表了一下肺腑之言。

"打工旅行的签证到期了,我会去读书,将来可以移民,你们呢?以后想做什么?"说完,小M翻了一页她手中的书。

这句话一问,我们沉默了。当初一腔热血出发,是为了体验一把异国漂泊,可眼看签证快到期了,确实应该想想接下来该怎么走了。

回家——从哪里来回哪里去

生活在生活之外,没有烦恼固然美好。可是这里没有妈妈的一碗热鱼汤,也没有我的家。我是享受自由,可是骨子里更害怕孤独。选择留下来,注定是一条漫长又孤独的路。经过一番纠结之后,我决定回国,回归到这拥挤的人群中。

我以为站在路边打不到车是个偶然,而我却不知,这只是个开始。离开的这两年,互联网科技日新月异地发展,让人们的生活更加便利,也让我离国内的生活越来越远。如今已经很少有人在路边拦车了,就算有一辆空车过来,司机也是对你摇摇手,他还要赶着去接网约的乘客。和朋友出来逛街,她问我要不要喝喜茶。我好奇地问她喜茶是什么,她笑着说我过时了,

一座被沙漠包围的小镇——爱丽丝泉

喜茶在上海很火的。我愣愣地回复她:"哦!我离开上海的时候,还没有这个牌子呢。" 我提议去喝咖啡,结果走进店内看到标价后,我又嫌贵。朋友惊讶地说:"你以前不这样啊!"我轻声对她说:"赚钱不容易,一小杯咖啡四十几块,合八九澳元,太贵了。"她笑称我得了"归国综合征",老是挑刺儿。

我想想也是,过斑马线的时候,总以为车子会停下来等我走过,结果等来的却是完全不顾的横冲直撞;上厕所总是习惯性地打开厕纸盒子,可里面只有空空的失望;辛辛苦苦在网上投简历、找工作,难得有个面试机会,我却问:"加班公司给钱吗?"对方的回答显而易见:"你自己的工作没做完,留下来加班是你负责任的表现,员工要时刻把公司的发展和利益放在第一位。"我又问:"像我这样的经历会给简历加分吗?"答:"两年出国的经历和实际的工作不相关，不会加分反而会减分，这是很明显的职业断层。"当然，再没有复试的电话打来。

就这样持续了2个月，看起来我在积极地找工作，其实我还没有想好我以后的人生应该怎么过。当流浪的激情退去后，生活再一次把我拉回了起点。从哪里来，又回到哪里去，该面对的总要面对。我忘不了20岁出头刚来上海时的生活状态，每个月拿着微薄的工资，交着昂贵的房租，上班、下班、加班，除了不停地努力工作、涨工资，我一点也不知道我要追求的是什么样的未来。而如今，一个快30岁的我，还是没有找到答案，一夜一夜地睡不着。

一天半夜我又睡不着，起来刷朋友圈。"终于拿到了PR！"（编者注：PR，全称Permanence Resident，即永久居民）这几个字引起了我的注意。点开她的头像，我认出她是两年前我在澳大利亚认识的姑娘，当时我还做了咖喱饭给她吃，我们边吃边聊。她说她也刚来澳大利亚不久，不过下个月她就要换学生签去塔斯马尼亚读书了，她说她的目标是移民。当时我对读书和移民的话题还很陌生，只能说："那一定要花不少钱吧，我也不知道以后要干什么，我就是来体验的。"这一别之后，我的朋友圈里展示的都是工作有多辛苦、工资拿了多少、这里的风景真美，而她难得发一条朋友圈，内容基本都是刷题好辛苦、考试终于过了、PR的最新政策。她通过两年的努力，收获了她想要的结果；而我经过两年所谓的放空，却变得更加迷茫。我非常钦佩这样的女孩，她知道自己要什么，永远紧跟目标，所向披靡。

趁着中秋节，我回了趟老家。妈妈看到我特别高兴。我跟妈妈说："妈妈，我替你走了好多地方。"妈妈说："我女儿太棒了！不过在我心里，最重要的事情就是你早点找个好对象嫁了。"我看着妈妈两鬓的白发说好，我很快就会找到对象的。

回上海后,爸爸发微信给我:"工作找得怎么样?"

"不找工作了,我想自己创业做游学项目,再准备准备明年的考研。"

"好好努力,希望你心想事成。不过我还是担心你的婚姻大事。"

"不用担心,爸爸,有些人属于大器晚成!"

回复完爸爸,我突然变得焦急且内疚起来。我的父亲今年70岁了,我希望他有机会看到我的大器晚成,所以这次我的回答,少了一些无畏,多了一份责任。这可能就是一种成长,我走了那么远,才发现原来我要的答案就在来处。余光中有句话大致是这样说的:世上本没有故乡,只因有了异乡。世上本没有思念,只因有了离别。

两年的离别,让我明白我是如此眷恋我的家人、我的家乡,而我的目标无非是好好生活、好好赚钱,让家里的两位"老小孩"有个幸福的晚年生活。他们带我来到这世间,我也要好好地陪着他们老去。感谢这次的打工旅行让我看到了远方,也感谢远方让我懂得我要的人生就在原处。

阿德莱德宁静的街道

TIPS

爱丽丝泉招工信息

爱丽丝泉是个集二签和存钱的好地方。旺季时镇上有很多餐馆、咖啡店、连锁超市以及酒店大量招人,时间一般为每年6—10月。淡季工作不太好找,但是只要你有足够的耐心,也会有好的收获。

推荐以下2种找工作方式:

第一,最快的方式就是请朋友递简历。新人刚到小镇,先去一些背包客栈认识朋友,比如 *Ronnie House*。

第二,浏览 Facebook 小组发布的信息,看到招工信息后立刻去投简历。投递简历后不要一直在线等,可直接到店里去谈,成功率更高。

▷ *Ronnie House* 住宿地址:*26 Warburton st,Alice Springs NT*

▷ *Facebook* 找工作小组:*Alice Springs Jobs*

被拓宽的眼界,是垫脚石还是绊脚石

——Lily

> Lily,中国第一批澳大利亚打工旅行者。大四"逃学"去体验间隔年,毕业后赴新西兰进行第二次间隔年,目前在丹麦留学。体验未知、经历挑战、开阔眼界,是其间隔年的主题。可是当眼界被拓宽,更多的机遇与诱惑来临,这究竟是垫脚石还是绊脚石?

窗外细雨蒙蒙,低沉的讲课声伴着淅沥的雨声,让人不自觉地发起困来,思绪飘飘。听着老师细致的讲解,看着四周明亮宽敞的教室,不敢想象我真的来到了北欧,来到了我追梦的地方。回到最初的选择,我真的做到了。

  我从小学起就有比较明确的职业目标，经过几年的本科专业学习，我了解到出国深造是这条路上的加速器。在综合考虑专业、语言等因素后，我选择了北欧。大三时我了解到了打工旅行，由于当时没想好何时去留学，我决定在大四孤注一掷，给自己来一个间隔年，让自己到澳大利亚后再做决定。真正的旅行是要逃离舒适区、跨过鸿沟、体验文化差异带来的思维碰撞和思想交织，最终化为对世界的认知和自身向上生长的力量。然而，我没想到的是，在旅程中会面临一个又一个的诱惑，怎样选择才能真正地向上成长呢？

  旅行中有这么一些人，他们的抉择带给了我思考和启迪。

"不知道做什么，反正有钱总比没钱好呀"

  我在澳大利亚的第四份工作是在一家很小的寿司店打工，里面的人形形色色。有兼职打工的内地留学生，有几乎没有英语基础的香港店长，也有二签一整年都在这家店工作的台湾女生。我印象最深的就是这个台湾女生安娜，她在台湾的一所大专学会计专业，后来在公司工作过五六年，因为觉得台湾工资低，很难攒钱，于是来到了澳大利亚。她从二签开始就来到了这家店，将近一年的时间从寿司学徒做到了寿司主厨，但与寿司相关的英文她却几乎都不会，也没办法和客人交流，一个"Avocado"（牛油果）都念不出来，这让我大为震惊。

  我忍不住好奇地问："你在这儿待了快一年了，二签结束之后有什么打算吗？"

  "嗯……可能先办个旅游签吧。"她把手里的寿司放在一旁，想了想回答道。

"环澳吗?"

"应该不会,可能还是在这儿工作吧。"

"啊?你已经待了这么久,你不觉得烦吗?为什么不去旅游,或者换个新工作?"

"这儿挺好的啊,换工作很麻烦,换地方又要花钱,我还是想多攒点钱再去玩啦!"

"你现在至少攒了3万澳元了吧?这些还不够去玩的吗?"我飞快地在心里算了算她这一年大概能攒下的工资。

她看向一旁,皱了皱眉,说:"去玩是够了,但是我还是想多存点钱,在台湾很不好赚的。"

"赚那……哦,挺好的。"话到嘴边又咽了回去,我本想问她赚那么多钱准备做什么,但看着她迷茫的眼神,我还是赶紧结束了对话。

初中一毕业就出来混社会的香港店长龙哥,和安娜年龄相仿,打工旅行两年结束后拿了留学签证留下了。刚开始我还肤浅地以为他和别的人一样,表面上拿着语言学校的留学签证学习,其实是为了在这里打工挣钱;每天说是去上课,其实也只是去签到,晚上就窝在房间打游戏、看电视剧。后来不经意间,我了解到他是真的在学习,每天上午上英语课,下午回店里工作,晚上回去还要写作业、复习。

"你每天都去上课啊!你上课听讲吗?"我开玩笑似的嘲笑他道。

"我们每天要上5小时的课啊,都交钱了干吗不听?"刚说完,他又补充道:"我雅思要考到7分。"我看到了他眼神中的坚定。

"这么高?你考雅思做什么?"

他毫不犹豫地说:"拿PR啊,然后把我女朋友接过来。"

"你打算一直在这个店工作吗?"我以为他和安娜想法一样。

"这个店没前途,我打算自己开店,已经和朋友计划好了。英语不好很难的。"谈话间,一卷寿司已经卷好切好,整齐地摆放在盘子上了。

两位都是我的同事,但他们的想法却大相径庭。我不禁想到那些说自己学历低和能力不足的人,这些都只是一个借口,就算是笨鸟先飞也得先学会如何飞。就像龙哥一样,他知道不学习就没有选择的机会,不学习就更没有机会和更高层次的人竞争,也不会有更好的发展前途。苦力工作可以体验,可以做一时,但是真的可以做一辈子吗?环境的诱惑是客观存在的,然而继续还是停止奋斗却是主观可控的。

3个月后,我打算离开了。离职前一天,安娜告诉我说:"我的旅游签证下来了!"

"哦,祝你好运!"

"所以在这边能嫁个当地人最好了"

我在环澳旅行中,途经昆士兰州北部的一个偏远小镇。碰巧之前一起在农场工作的小伙伴琳琳也在这个镇上,于是我们约着见面,她预订了镇上最好的一家餐厅。

天色渐暗,华灯初上,街道行人渐渐稀少,只听得一阵阵车轮驶过的声音和远处酒吧里传来的喧闹。我提前来到餐厅门口等候,不出几分钟,一个妆容精致、穿着时尚的亚洲女孩朝着我走了过来。

"嘿,Lily!"女孩喊道。

我上下打量着女孩,昏暗的路灯下,一身浅紫红色的短裙恰当地衬出她白皙的皮肤和娇小苗条的身材，米白色的小包挎在一侧，包上的铭牌反射着金光，格外耀眼。

在我的印象里，琳琳是个不折不扣的女汉子，雷厉风行，丝毫不顾忌形象，在农场干活时也从不喊累，半年多的时间变化怎么这么大呢？

在餐厅就座后，我看向四周。餐厅的装修简洁而不失风雅，点缀着一些绿植装饰，静谧雅致，别有一番特色。暮色时分，客人并不算多，店堂内倒也十分安静。

"我在这儿吃过好多次了，就让我来点吧。"琳琳说。

"好啊，反正我也不知道该点啥。"看见她戴着精美的项链和价值不菲的手表，我把菜单翻开又合上。

琳琳本科考进了国内一所知名的"985"高校，学的也是在全国排名数一数二的专业，毕业后在一家大型企业工作了3年多，据她描述这家企业管理制度不好，转正3年来她并没有升到自己期望的管理岗位。

"你现在在做什么工作啊？"我的好奇心又开始作祟了。

"服务员，在比萨店。"

"这个镇上的工资应该还不错吧？"

"都是白工，我可以做咖啡所以工时比较长，反正每周周薪税后都能破千。"她的眼里闪烁着骄傲。

"哇，好厉害，羡慕你。"

"给你看我上周买的表，好看吗？在国内要好几个月才能攒到钱买，在这边两周的工资就够了。"顿了顿，她又说道："上周我爸生日，转了2000人民币给他，也不过就是两三天的工资嘛，要是在国内自己生活还成问题呢！看看我那些同学，每个月拼死拼活就攒个房租，哪儿来的闲钱？"

我不知道该说什么，于是赶紧换个话题："那你之前在国内是做什么工作的?"

"市场调研和策划。"一丝回忆划过她的眼眸。

"你英语这么好,为什么不去找和你专业相关的工作呢?"

"不好找啊,而且都是拿差不多的工资,干吗要去做脑力活?小镇上工时长,生活成本也比悉尼、墨尔本低多了。"

"也是,大城市不太好攒钱。"我心想还是换个话题好了,"你打算在这里做多久啊?"

"我已经集好二签了,和这家店老板也说好,做满了6个月我就去环澳,结束后回来再工作6个月,然后他给我办工作签证。"

我很震惊她现在居然安于这份看不到未来的餐厅服务生工作。

"那你之后呢?打算在这儿一直做下去?不回国了?"

"在这边很好啊,工资高物价低,想买什么就买什么。回国每天累死累活也挣不到这么多啊,在公司升个职还要靠关系。"她愤恨地说道。

"那你爸妈呢?"

"所以在这边能嫁个当地人最好了,现在还能这么干活,过几年就干不动了。"

随后在她各种 "澳大利亚工资高""奢侈品随便买"的议论中,我们吃完了饭,她抢着去结了账。

这顿饭花了198澳元。收银员给的单子她也没看,就刷卡付了款。我惊掉了下巴。

那天之后,我们几乎没有联系过。我只是偶尔在朋友圈里看见她展示各种昂贵的物品、各种风景照以及她收到那家店工作签证的消息。

我无意说这样的选择不好,毕竟每个人都有选择自己生活方式的权利。有时国外的生活就像温水煮青蛙,让人死心塌地地安于其中。或许间隔年在开阔眼界的同时,还是一个巨大的隐形分水岭,正在悄无声息地改变着每个人既定的人生轨迹。

"弯路不能走久了"

"弯路不能走久了。"这句话是毕业前夕导师对我说的,当初他也是第一个支持我大四就出去长见识的人,甚至还让我放下了手头的科研任务。我很清楚地知道这句话的分量,然而面对诱惑,我还是做出了违背初心的决定。

∧

阳光明媚、沙滩金黄、海碧天蓝,躺在沙滩上远眺高楼,如此惬意的生活让人不禁想在此常驻
摄于东海岸库伦加塔(*Coolangatta*)

在澳大利亚玩得乐不思蜀，就像是抿了一口糖，满满的甘甜，我忍不住还想再抿一口，所以没有多加思索便开始着手准备新西兰的打工旅行，也为了顺便能攒点学费。

就这样，我来到了新西兰。凭着之前在澳大利亚的工作经验，我在到达的第二天就找到了工作，一周内还跳了槽。然而，就在一切似乎顺风顺水的时候，我突然意识到：做着同样的工作，处在相似的环境下，这样的生活和上一年有什么区别？我和我之前看轻的人有什么区别？我间隔年的目的就是要尝试新鲜事物，不断挑战寻求新的收获，那么我在新西兰重复之前做过的事有什么意义？每天这样的想法占据了大脑，工作和生活索然无味，于我而言就像是被挖空了灵魂。当赚钱这个唯一的目的也仅够让我生存时，我每天挣扎在崩溃的边缘，甚至一度想放弃。这时候，导师说的那句话——弯路不能走久了——让我仿佛醍醐灌顶。

间隔年应该是人生路上的垫脚石，是给自己增添异彩的一种方式，不应该成为我们前进的阻力或是面对诱惑时怯懦的保护伞，到底是垫脚石还是绊脚石，全靠自己的选择。

然而所有的选择都是有机会成本的。我本可以利用这一年半的时间在国内找个实习工作，初试牛刀，在专业上进一步提升，然而我选择了已经体验过的体力劳动；我本可以在国内实习的同时继续学习，使我能更好地衔接研究生课程，然而我选择了继续在新西兰游山玩水；我本可以有其他新鲜的人生体验和尝试，然而我选择了重复在澳大利亚那一年做的事，还妄想着能有比澳大利亚高的工资收入。孰好孰坏，恐怕只有时间才能证明。

我是在金钱的诱惑下才来到新西兰，这也是我心态崩盘的导火索，意识到问题后我开始调整心态，不去在意金钱与结果，只是用心感受过程。慢慢地，我的状态好了，也顺利地过完了新西兰打工旅行的一年。

如果时间可以重来,我不会选择第二次的间隔年,因为对我来说,一年的体验足矣。或许在未来的很多年,我挣不到拿二签和留学签证的人所能挣到的存款,但我知道,二次间隔年的时间成本是多少钱都买不到的。有人说年轻是资本,就是以低成本去试错,试图获得最大的利益和经验,可是资本有风险,选择有代价,你以为年轻的资本能承受住诱惑的代价吗?要知道,越年轻,做出的选择对人生的影响就越深远。试错一次就够,倘若没有新的改变,重复是毫无意义的。二次间隔年真的有必要吗?在努力奋斗的最佳年龄,在快速成长的黄金阶段,在已经有过尝试后的新选择面前,二次间隔年需要谨慎对待。

得来不易的北欧时光

"Lily,你打工旅行完了之后做什么呢?"
"去北欧留学。"

在新西兰调整好状态后,我买了车,开始一个人的公路旅行。这就是我在远方的家,它让一个漂泊的游子在累了、困了的时候有了休憩的港湾

"啊，为什么要去北欧，不留在澳大利亚或者新西兰呢？"

"北欧有我想学的专业。"

"这样啊，可是北欧很难留下来吧？澳大利亚和新西兰不是更容易吗？"

"我不考虑移民。"

这些话我被问过数十次。

当初决定留学时，我曾经有过好几次留在澳大利亚读书的想法，熟悉的环境、遍布各州的朋友会使生活更容易，转留学签证留下来的机会也多。但是了解了澳大利亚的学校后，我知道在这里我学不到我想要学的知识。不撞南墙不回头的我在很久之前就坚定了要做生态保护和恢复的决心，通过查阅资料、对比学校专业以及各种渠道的了解，我确定了我要求学的地方是欧洲。欧洲国家在这方面已经有几十年的经验了，这是澳大利亚所不能比的。最终，我如愿以偿地拿到了丹麦哥本哈根大学的录取通知。

总的来说，这两年多虽有波折和意外，但大体上还是按照我的规划进行的。如果没有以前打工旅行时的经验和见识，很多事情将会变得很难。从颠沛流离、居无定所到有固定的住所，从糟糕的工作环境和艰苦的体力工作到温馨的学习氛围，从简单快乐的乡村生活到灯红酒绿的都市社群，从背包客转变为留学生，我很感谢这段平凡但不平庸的时光，让我可以潇洒、可以挥泪、可以疯狂。

间隔年是人生路上的一块垫脚石，是一次年轻人走出国门交流、见识、体验的机会。然而，在外看风景的同时也会遇到更多的挑战，是机遇还是诱惑需要我们判断。擦亮眼睛，跟随初心，定能在这片广袤大地上闯出自己的世界。

TIPS

工作维权指南

澳大利亚公平工作调查专员署（Fair Work Ombudsman，简称 FWO）是专职监管澳大利亚工作场所法规执行的机构。

- 网站：*https://www.fairwork.gov.au/*

- 中文信息：*https://www.fairwork.gov.au/language-help/simplified-chinese*

◇ 工作须知

做任何工作都要保护好自身的权益，需要准备一些材料，以防产生纠纷后受到伤害。思路是搜集一条完整的证据链，这样即使产生了纠纷和事故也有充足完整的证据。

- 雇员信息：合法工作签证，税号

- 已发工资记录：现金照片，银行记录

- 雇主信息：工作单位地址，工作单位名称，雇主名字，雇主电话（邮箱）

- 工作记录：工时记录表，工资单，工作时的照片，录音，人证等证据

◇ 纠纷处理

查询自己的权益是否受到侵犯，查询所从事工作的最低工资标准。若发生工作场所纠纷，可按照以下步骤进行：

· 被拓宽的眼界，是垫脚石还是绊脚石 ·

- 雇员遇到问题先找雇主自行协商解决，FWO 也有一系列的网上教程教你如何和雇主商量解决矛盾；
- 如果自己实在解决不了，需要 FWO 帮助，可以选择以下几种方式和 FWO 工作人员取得联系：在线咨询（最推荐，快速方便），拨打电话咨询（电话号码：13 13 94，海外拨打：+61 2 6141 1387，等待时间较长，不推荐），写信咨询（不推荐，等待周期长）；
- 收到投诉咨询回复后，如果工作人员让你填写表格或者采集基本信息，那么就算正式受理申诉了；
- 信息提交完毕后，工作人员会和雇主联络，然后三方协商调解时间，进入调解程序；
- 调解（可免费请翻译）最多进行两次，若调解成功，则由 FWO 调解员拟定调解协议，双方按协议内容执行；若调解不成功，则雇员可选择上法庭申诉。

▷ 获胜秘诀

投诉流程最重要的地方是在调解这一步，调解的结果直接决定了能否成功讨回自己应得的利益。

获胜秘诀是：

- 证据充足；
- 有明确的赔偿要求；
- 语气平和，不出逻辑错误；
- 针对性提问，找关键漏洞；
- 提供应得工资计算表格。

有多少人在迷茫后找到人生的灯塔

——阿布Caesar

> 阿布，旅行规划师，工作两年后遭遇职业瓶颈，带着对前途的迷茫与焦虑，去澳大利亚打工旅行。环游过全澳、做过农场工、干过酒店服务员，最后做回老本行，终于在历尽千帆后找到了自己人生的方向。

提笔写下这些故事之前，墨尔本的春天才刚刚开始，听得见鸟鸣，闻得见花香。我从小在一个普通家庭长大，学习还行，没有偏科，规规矩矩地读到大学毕业。如大部分人一样普通，我到头来也不知道自己喜欢什么、应该做什么、要过怎样的生活。

好在来澳大利亚前两年时，事情有了转机，学土木工程的我跑去从事了旅游行业。我在成都、重庆、大理等旅游胜地负责城市文化徒步，简单来说，就是带着一群人去城市中一些隐秘的、不为人知的小巷，探索那里的前世今生。

两年里，我认识了各行各业有趣的人，视野拓宽后，我开始有了去看世界的想法。旅行规划师是一个新兴的职业，并没有一个明确又成熟的培训晋升机制，所以两年后，我感觉自己遇到了瓶颈，工作已经不能让我成长，于是，我开始思考未来的发展。正巧，那个时候我知道了澳大利亚打工旅行签证，索性就给自己一个间隔年吧，一边体验生活，一边好好思考人生。

这一纸打工旅行签证，就像一本书的第一页。这本书带着人生的温情与凉薄，远离了房价和流言，一页一页写满了澳大利亚这片土地的故事。

珀斯——农场的无聊生活

2017年2月，我来到世界上最孤独的城市珀斯，在梨子农场和葡萄酒庄开始了两个月的农夫生活。

我贪婪地大口呼吸着这里的新鲜空气，感觉什么都是新鲜的。但新鲜感过后，重复的工作、日头的暴烈，这一切都让"无聊"这两个字开始在我的心中浮现。太阳每天照常升起，而我心中的太阳却渐渐地西沉。那时的我时常忽略日夜如何交替、星辰是否闪烁。我问自己：这片土地是否值得我停留？

值得吗？这三个字在我心中一遍遍地翻滚。我问了自己很多次，也问了风和大地很多次，我想足够了，赚到足够多维持生活的钱，我就可以离开了。

得到这个答案后，我开始倒数在农场的时光，把这一切都当作一场修行。农场枯燥而单调的生活让我身心俱疲，"无聊"这两个字大概就是磨光

玛格丽特河酒庄

我锐气的最大武器。我开始渴望离开这里,开始渴望寻找一份能够与人交流、根植于当地的工作。

弗里曼特尔——工地搬砖的命运

离开农场后,我去了西澳的文艺小城弗里曼特尔,用了半个月时间寻找餐饮服务的工作。马上到入冬的时节,咖啡馆都不招人。我去面试了很多次,但大多都只是走一个过场。

冬天来临的时候，小镇不再那么喧嚣，我时常徘徊在街角，听见鸟叫多过听见人声，空气里开始凝结出雾气，我觉得这座城很冷。那时的我，仿佛《海边的曼彻斯特》里的男主角，在一座渐渐冷掉的城市里渐渐绝望。我看着天边的海鸟，都会觉得与乌鸦无异。

闲散的时间很多，我渐渐地开始思考喜爱的抑或是不喜爱的事。我想要的自由是怎样的——是人们随性地躺在草坪和沙滩上？是准点下班去酒吧碰杯对饮？还是如国内的一些好友，努力创业赚钱，随意选择假期和旅游目的地？我想要的人生又是怎样的——是面朝大海，春暖花开？还是闯荡江湖，功成名就？这些我在国内根本不会考虑的问题，现在它们直击灵魂，开始对我一一拷问。

某一天，正好有个机会，是去建筑工地做屋顶工作，我犹豫再三，最后还是在现实面前妥协，想快速攒一点钱开始公路旅行。当时我连要发朋友圈的内容都想好了，大概就是"大学本科土木工程，工地搬砖一年后华丽转身旅游行业，心想余生再不会搬砖。后抢得打工旅行签，来到澳大利亚又做回了搬砖工人，命运啊命运！"

布鲁姆——时光流逝的麻木

7月初，我攒够了钱，开始了北上的公路旅行。一个月后，我停留在了小镇布鲁姆。早上在酒店做客房清洁，晚上在比萨店送外卖。小镇很小，周末忙碌的时候，工作几乎填满了我的整个生活，日与夜在这段时间变成了一个个单调的符号，时间只是单纯地流逝，我忘记了自己的姓名与生活。

在建筑工地做工，在酒店做清洁，这些不喜欢但是很赚钱的工作，让我在人生这个游戏里充值了点数，让我有了继续逐梦的可能。虽然我还不知

布鲁姆凯布尔海滩

道自己喜欢什么,但是我却开始知道了我不喜欢什么。

在离职派对上和韩国同事聊天,他说他要回韩国继续完成学业。得知我们学习的都是土木工程专业后,我问他,你喜欢你的专业吗?他说不,但是他也不知道自己喜欢什么,然后补了一句:"是韩国让我这样的。"那时的我沉思了片刻,迷茫的我也许只是中国应试教育下的一个缩影,我马上回应道:"中国也是这样的。"

离开布鲁姆之后我时常忆起那段时间,送外卖的单车、早起的闹钟、下沉的夕阳、银行卡里日益增长的数字和我在心中的倒计时。在那段时间里,人仿佛就是一个空白,那些在农场的日子,人仿佛只是在那里运动的一台机器,你不需要意义,也没有意义。风是咸的,和海水是一样的味道;鸟是会飞的,和鱼跃出水面一样的高度,我时常在送外卖或是去酒店的路上看到这些瞬间，只有在那些瞬间里，我是活着的。

墨尔本——人生的曙光初现

2018年1月，我终于来到了我至今最爱的墨尔本。我不曾离开，一直生活到现在，感觉这就是我的城市。我喜欢墨尔本的一切，即使有那么一刻，觉得她有些喧嚣浮华。

那时，我在一家旅行创业公司做旅行规划师，这是我国内工作的延

墨尔本的阳台日落

· 逆向人生 ·

∧
墨尔本电车

续,工作内容基本不变。我实地考察了很多旅游目的地,也设计规划出了一些本土最有特色的旅游线路和项目。但由于公司没有流量,缺乏营销经验和资源,最终在市场推广上陷入了僵局,活动并没有达到预期的效果,而我也没有得到自己应有的成长与挑战。渐渐地,我对旅行规划师这份工作开始失去热情。我在想,比起做产品和运营,我也许更适合品牌与市场的工作。

我有幸遇到了一位性格和人生态度与我极其相似的好友,她的经历给了我一些启发。同是来打工旅行的JOJO,她曾在上海做过两年的品牌推广工作。听她讲述媒体渠道的开拓、宣传活动的策划、落地执行和后期反馈等话题,我觉得她是闪闪发光的,觉得从事这份工作一定是快乐的。我对她说:"我终于找到了我的人生方向,我以后也会和你一样,从事品牌推广!"

就这样,我决定明年签证结束后去上海发展,寻求相关工作。纵使墨尔本让我喜欢和迷恋,我也不甘心在这里就这么过完余生,我要去追求自己真正的理想。

我很喜欢山本耀司说过的几句话:"我从来不相信什么懒洋洋的自由,我向往的自由是通过勤奋和努力实现的更广阔的人生,那样的自由才是珍贵的、有价值的;我相信一万小时定律,我从来不相信天上掉馅饼的灵感和坐等的成就。做一个自由又自律的人,靠势必实现的决心认真地活着。"

怕什么,就与什么正面交锋。这一生漫长,没有冒险该多乏味。若是有幸赢得一招半式,那也不枉来人世这一遭;若是输了,也不愧对赤诚勇敢。

墨尔本未静止,墨尔本未停息。

今夜的星空,比想象的亮。

各位,上海见!

TIPS

西澳招工信息

◇ 玛格丽特河，葡萄农场

- 薪资：采摘工，计件付薪，每筐5澳元。

- 招工中介：*Vinpower*；地址：*7/33 Fearn Ave, Margaret River WA*；电话：*0897572547*。

◇ 布鲁姆，位于西澳北部，每年7—9月是招工的旺季。多数工作集中在酒店和餐馆，岗位是客房管理（*housekeeping*）与服务生及帮厨（*wait staff & kitchen hand*）。找工作的首选办法是朋友介绍，其次是现场"扫街"。小镇很小，基本上2小时就可以把简历投完。

◇ 墨尔本，在谷歌上搜 *Fundrasing*，可以搜到很多慈善机构，相关工作的基本要求是英语好、性格外向、喜欢与人交流。

澳大利亚打工旅行，你确定要来吗

——见贤思齐

"80后"老阿姨，面对波澜不惊的平淡生活，辞去教师工作，到英国读书两年。视野和思维发生巨大转变后，带着对自由生活的向往和移民的梦想，来澳大利亚打工旅行一年。农场、清洁、按摩、教师、媒体，各种工作都尝试过。现于悉尼等待PR审批。

2017年8月4日，这是我人生中最高兴的一天，经过9个月的等待，我终于拿到了澳大利亚打工旅行签证。

每个人来澳大利亚的目的都有所不同，有些人是为了逃避婚姻压力，有些人是面临职业瓶颈，一时间，远方似乎成了我们的避难所。但这并不能够解决所有的问题，甚至问题还多了起来：国内事业的断档、居住地点的更换、旅社环境不如意、人身安全的保障等。打工旅行并不是"万能钥匙"，它不一定适合每一个人，我们要根据个人的情况权衡利弊。

关于换宿

2017年10月，我踏上了梦寐以求的土地。换宿的主人从黄金海岸机场接我回家。一路上，天空湛蓝，路边大片大片的甘蔗地整整齐齐，不知名的花灿烂绽放，这一切都像是在梦中，美好又祥和。

主人夫妇是移民家庭，男主人来自英国，50多岁，曾经在伦敦工作多年，现在是一名销售员。女主人来自西班牙，是家庭学校的倡导者，所以他们的两个子女都是在家学习。我们每日的生活很简单，就是陪护这两个小孩子，跟他们一起散步、游泳、做游戏。

这一家人都是裸体主义者，彼此在室内会坦诚相见。女主人可以只披着围裙、下身穿着内裤在厨房做饭。男主人可以裸着全身、双手捂住关键部位在走廊穿梭。虽然来之前，他们跟我沟通过这一情况，不过等自己真正遇到了，还是会感到很尴尬。

不需要很辛苦地工作就可以换来免费的吃住，这的确是个美差，只是饮食让我很不适应。每天的早餐是面包片，一开始还有蔬菜、三文鱼或者其他的肉类，但是隔几天后就没有了，只剩下面包片。中午他们基本不做饭，都是自己到冰箱找吃的，不仅对我们是这样，对他们的两个孩子也是这样，完全"散养"。晚餐好一些，女主人会做得比较丰盛，可她会依照每个人的食量来做，我每次只能吃到七分饱。

· 澳大利亚打工旅行，你确定要来吗 ·

换宿家庭房后的海滩——拜伦湾

总的来说，换宿可以减少开销、深度融入当地家庭、体验真实的澳大利亚文化。如果遇到了好人家，你还可以感受到人与人之间的善意与温暖。

因为急于赚钱和集二签，我只在这里待了两周，就匆匆地跑到了霍姆希尔（Home Hill）农场做了包装芒果的工作。一天工作10个小时，时薪25澳元。连续工作8天后，我拿到了1300澳元的工资，心里异常欢喜：终于可以存下一笔钱了。

关于工作

很多打工旅行的小伙伴在国内有着较好的工作，或者正处于事业的上升期，这个时候如果辞职，就会断档两年，回国后很可能会与职场脱节，升职加薪的机会便无限延期。国内职场的竞争如此激烈，流浪了两年的时间，你还能够回到原来的位置吗？

从英国回国后，我面试了一些教育培训公司。有面试官这样问我："你结婚了吗？近期有要孩子的打算吗？"虽然我确实没有这样的打算，但是还是很不舒服地回答："没有。"居然还有面试官要求我3年内不能生孩子，这简直比古代被卖掉的姑娘还要惨。

职场上的性别歧视、同工不同酬的尴尬、不时传来的员工猝死或自杀的新闻，这一切都令我们异常焦虑。所以，建议大家结合自己的实际情况考虑到底要不要来打工旅行，来后也最好有个规划，要知道，凡事预则立，不预则废。

在这边工作，总的来说就是一分辛苦，一分收获。大部分人是要待第二年的，所以，为了集二签就必须从事和旅游、矿业、农业、建筑相关的工作。这其中，很多人会从事农场工作。

农场的工作一般包括采摘和包装。采摘的工作是辛苦的，烈日炎炎下要手脚并用地劳作八九个小时，如果是茄子、西红柿、南瓜这些秧苗很低的作物，就需要不停地弯腰。连续做一个月，你的腰会垮掉。包装的工作相对轻松，但每天也要站八九个小时。工作中，你的手指会被划破、手筋会痛、胳膊的肌肉也会酸胀，有时候走路也会一瘸一拐的。

农场的工作虽然苦，但时间一长，也会慢慢地适应。有想要减肥的小伙伴强烈推荐你们来农场，多年减不下来的体重保证都可以给你们减下来，不吃药、不打针、不反弹，还发工资。如果能吃苦，这倒也不算什么。我遇到过一些小伙伴，嘴上说着"做得快哭了"，但还是坚持了5个月。

我们可以来算一笔账，农场最低时薪是22.8澳元，如果每周工作40个小时，去掉交的税实际到手900澳元。扣除交通、食宿200~400澳元的花费，一周至少可以存下500澳元。这样一来，一个月就可以存到一万元人民币，一年下来也就有十几万元。这对于大部分的国内白领来说是个攒钱的绝佳机会，难怪有人两年就存够了在澳的留学资金。

然而，最令人沮丧的就是辞工，农场主想辞退你便可以随时辞退。我来澳大利亚的第一份工作是摘茄子，第一天上班我就发现我是唯一的一个女孩子，其他的都是来自法国的男青年。工作两个小时后，农场主淡淡地说了一句："你现在可以回家了。"我心里很是沮丧，因为速度不够快，最后工资也没有发。在室内工作的一个韩国男孩子也被辞退了，据说是因为叠的箱子不整齐。还有一个巴西女生，因为生病一天不能上班，第二天就被辞退了。

关于住行

如果是自己租房子，条件一般是不错的，但是需要自己找工作。澳大

· 逆向人生 ·

利亚有一种专门的旅店，负责给你找体力工作，但是房租比较高。一般来说4~6个人一个房间，上下铺，不分男女。如果你介意混住，需要和前台说。很多房间都没有单独的卫生间和厨房，室内的卫生需要自己打扫。我住过最脏的房间到处都爬满了拇指那么大的蟑螂，我与它们共眠了整整三周时间。公用厨房是个重灾区，大家用过的锅碗瓢盆都不清洗，苍蝇满天飞，到处都

PAY SLIP

Pay Date 12/12/17
Employee's Name: SIQI ZHANG
Employer's Name: A.H. JOHNSON
Employer's ACN/ABN: 65 730 431 290
Classification/Job Title:
Award/Agreement:
Hourly Rate $ _____ Annual Salary (if applicable) $ _____
Pay Period: 6/12/17 to 12/12/17

Wages Details (from Wages Book, Bundy etc.)
Ord Hours: Mon-Fri 57 hrs at 24 $ 1368.—
Ord Hours: Saturday ___ hrs at ___ $
Ord Hours: Sunday ___ hrs at ___ $
Public Holiday(s) ___ hrs at ___ $
Overtime ___ hrs at ___ $
___ hrs at ___ $
Shift Loadings ___ hrs at ___ $
___ hrs at ___ $
Allowance/Bonus ___ $
Incentive Based Payment(s) ___ $
Termination Pay ___ $

Gross Wage $ _____
Deductions
Tax $ 205.20
Superannuation (Fund Name) ___ $
Other ___ $
Other ___ $

Total Deductions $ _____
Net Wages Paid $ 1162.80

Employer Superannuation Contribution ___ $
To Fund/Scheme
© 2016 ZIONS SYSTEMS - Form PSP

7天的工资单

是随意丢放的食材，煤气炉能用的没有几个。这对很多人来说是接受不了的，好在不是所有的旅店都是这样，就靠大家慧眼识别了。

在澳大利亚，每年失踪的背包客有不少，但是出车祸的更多。很多小伙伴拿着中国的驾照，但是在国内又没有多少开车经验，加上澳大利亚是左侧行驶，行驶规则不一致，刚刚到这边时非常容易出车祸。我所知道的车祸至少有三四次了，最严重的一起事故中，有两个人颈部受伤，另一个人身体多处骨折，当时都是由直升机送到医院的。所以，在澳大利亚开车，最好买一份保险，提前学一学左侧开车的规则。

住青旅的时候，我还听说了一桩恐怖的杀人事件。一年前，一个法国男生持刀将一个英国女孩刺死在二楼的房间里，另一名男生试图阻拦，也不幸被刺死。死去的女生年仅21岁。所以，大家交友的时候要慎重，感知到危险的征兆一定要远离，保护好自己。

看到这，大家也不必过度担忧，大部分的小伙伴还是好好儿的。我只是把极端个例告知大家，希望可以引起大家的重视。

既然可能会遇到的困难这么多，为什么还要来澳大利亚呢？自找苦吃吗？并不是。人的一生只有3万多天，除去吃饭、睡觉、工作、社交等，还留下多少时间呢？我们都只能活一次，我希望自己在有限的生命里、在自己的能力范围内，能够活得没有遗憾、活得精彩。

所以，无论你来或者不来，都请对自己的情况综合考量。如果不来，你一样可以申请旅游签证来体验这里的美。如果你来，就请做好各种准备，无论是心理还是身体，结合自己的目的去制定计划。

来了，就不要后悔。来了，就要精彩。来了，就要全力以赴。

2019年，我在澳大利亚等你。

TIPS

艾尔农场招工信息

艾尔位于澳大利亚凯恩斯南部，距凯恩斯1个小时20分钟车程。小镇上农场的作物以香蕉、蓝莓、芒果、柠檬等为主，招工旺季为12月到次年5月。工作机会较多，可自行寻找，也可到Tolga背包客旅馆寻求工作机会。

Tolga背包客旅馆房租为每周200澳元，分为4人间和8人间房，男女混住。旅馆提供免费巴士接送上下班，但不提供免费网络。

- 旅馆名称：Tolga Backpacker

- 地址：2-4 Kennedy Hwy, Tolga QLD 4882

- 电话：(07) 4095 4130

- 邮箱：tolgabackpackers@gmail.com

- 到达方式：可从凯恩斯乘坐Greyhound巴士前往

- 温馨提示：在去之前，最好先电话确认是否有工作，否则可能会长期处于等工状态

访谈录

对话行者小强

媒体：光明网
受访人：行者小强
时间：2019年1月10日

记者：在澳大利亚打工旅行期间，你做过6份农场工作，对这些工作，你有什么特别的体会？

行者小强：第一个是，每个农场的管理方式不一样。芒果场的农场主，会时不时监督你的工作，给你压力感，但工作效率很高；香蕉场的农场主，每天会给你定工作指标，主管会提交工作满意度表格等，一切都是流程化和数据化的操作；葡萄园的农场主更多的是计件付薪，上班时间很随意，几乎处于无人监督的状态。

第二个是，每个国家的背包客都有一些特别的属性。在香蕉场，主要是和日本人在一起，他们很敬业；在芒果场，是和法国人待在一起，我看到了他们的慵懒和悠闲；在葡萄园，南太平洋上的岛国居民的团结精神让我很钦佩；在青柠檬场，德国人对工作的专注和投入很值得学习。

第三个是，我们亚洲人要学会用法律武器维权。亚洲背包客普遍没有维权意识，在农场时常会受到不公正的对待。比如，没有中场休息时间、会被无故开除、没有加班费等。澳大利亚的劳工法常识：1. 每工作2～3个小时，有15分钟的休息时间；2. 正式工被开除前，须经过2次口头警告，1次书面警告；3. 临时工的工资须高于最低时薪少许，且正常上税；4. 每周工作超过38小时，加班时薪为1.5倍，法定假日为2.5倍；5. 若有劳动争议，可向劳工部（Fair Work）投诉。

记者：做客湖北卫视《大王小王》时，你谈到了无人岛探险，劫后余生是一种什么感觉？

行者小强：无人岛探险更像是一场自我的救赎。当我在夜晚穿越海上红树林时，鞋底被穿破，那时对大自然产生了敬畏之心；当我对返回露营地感到绝望时，我在向上帝虔诚地祈祷。

我想，如果我不被珊瑚礁和草帽鱼所诱惑，我就可以节约更多的时间返程；如果我懂得潮涨潮落的常识，我的手机就不会被海水浸湿，也不至于求救时无法开机；如果我看到日落时，不一意孤行，或许就可以早点返回露营地。所以人生亦是如此，如果能不受诱惑，掌握一些规律，及时调整战略，就会少走一些弯路。

记者：在这本书里，你充当一个编者的角色，而非作者，新的身份给你带来了怎样的挑战和体验？

行者小强：我既要统筹全局，制定创作的流程和规则，又要帮助每一个作者梳理框架。比如，前言要凸显作者的标签和个人成长；正文要有核心思想，故事得起承转合，要注重开头和结尾的表达手法；前彩和中彩得用清晰的大图，凸显人文气息，不能太自我。

有些作者的故事可以，但文笔欠佳，你得帮他改写；有些作者比较自我，不配合创作，你要耐心沟通；有些作者比较拖拉，你得再三地催促交稿；还有些作者对我有一些误会，一言不合就把我删了。

作者多为"90后"，有些很自我，个别还比较自恋，或者自傲，活在自己的小世界里。若你对文章提出修改建议，或者进行改动，有些作者会很不乐意，甚至发生争吵。从他们身上我看到了曾经的自己，大家都还在成长的路上。只不过我的阅历多一些，更能够理解他们罢了。

在我看来，做编者最难的事是与作者的沟通，得有一定的耐心和技巧，否则很容易半途而废。《间隔年在新西兰》和《我不想被这个世界改变》的创作，更多是作为作者的我一个人的事，不需要和他人做太多沟通。但这本书的创作是77个人的事，意见有时很难统一，耗在沟通上的时间多于写作本身。

记者：接下来你还有其他出书的计划吗？

行者小强：有的，我下一本书的书名暂定为"后间隔年时代"，它将与《间隔年在新西兰》《逆向人生》一起构成"中国首部完整间隔年系列"

书籍。

《间隔年在新西兰》讲述的是我一个人在新西兰边工作边旅行,通过间隔年找到了自己人生方向的故事,具有个体属性。《逆向人生》讲述的是15名间隔青年在澳大利亚打工旅行的故事,偏群体属性。《后间隔年时代》讲述的是中国青年人在间隔年之后的故事,侧重于对间隔年意义和刺痛的探索。

"中国首部完整间隔年系列"书籍出版发行后,我创作的心愿也就圆满了。不过近期忙于筹备澳大利亚打工旅行记录片《世界中心呼唤我》,《后间隔年时代》的创作要搁置一下。

记者:一些媒体在对你的采访中,提到你行走10年,回家不超过5次。这背后有什么隐情?

行者小强:我过去10年确实很少回家,两次过年在新西兰、一次在澳大利亚、一次在终南山、一次在涠洲岛,平常几乎也没回过家。我从小比较独立,时常外出,父母也早都习惯了。我不回家可能有这样几个原因:

第一,我财务自由,毕业后从来没有依赖过家人。即使我有一天有钱了,也无法改变他们什么,毕竟每个人的命运都掌握在自己的手里。我和他们都是独立的个体。

第二,在国外待了几年后,我的思想有点西化。我一直漂泊流浪,旅居世界各地,家庭观也在发生改变。我很少想家,这可能与追求自由有关。

第三,父母身体康健,弟弟也已结婚生子,时常陪伴在他们身边,某种意义上替代了我。家里的事,我爸也从来不让我插手,他是一个实干且有能力的人,有他在,家里不会有太大的问题。

记者：我关注了你的微博@小强环球，你现在还单身，能不能聊一下你的婚姻观？

行者小强：是的，我依然单身。像我这样时常在路上、从来都稳定不下来的人，谁敢要呢？

其实，我是一个不婚主义者，可能有一天会领养一个小孩。在爱情方面，我对自己的评价是"一个人孤独且孤傲地活着"。

读者来信

回到原点，人只能做自己

无意间，在行者小强的微博@小强环球，看到他的处女作《间隔年在新西兰》发售。下单后，没几天就收到了。正愁没书看的时候，这本书从天而降，好及时啊，不知道这一次他会带给我怎样的惊喜。

淡雅清新的封面像宁静的天空，又像寂寞的海平面。封底的一句话让我猛然地有种共鸣："回到原点，人只能做自己。"于是，在回家的地铁上，我就迫不及待地一页一页翻下去了。

小强的处女作走的是简约风，图片和文字都让人耳目一新，没有华丽的修饰，只有热爱生活的小强向我们娓娓道来他的故事，有血有肉、妙趣横生。阅读时，你会走进他的世界，与他感同身受。你甚至会想：原来小强和我们一样啊，他也有快乐与忧伤呢。

因为简单，因为真实，所以我被他的故事一次次地感动了。整本书，赚了我至少一公升的眼泪，我欣赏他的努力和执着，也心疼他的努力和执着。

书里的有些事如果发生在我身上，我可能早就哭晕在厕所了。可是，他却能轻描淡写，轻松面对。比如车祸后，车废了，钱没了，但第二天他还照样去参加派对，内心真的很强大啊！我喜欢他对生活的态度，他在告诉我：我们都是最优秀的，只要用心一点，舍得对自己狠一点，都可以光芒四射。

在这个世界上，有才华的人遍地都是，长得帅气的人也到处都有。但是，像小强一样有趣的人却没那么多。因为有趣，不管在哪里，我们都可以过得优雅高贵；因为有趣，我们才不会被现实所困，不用做生活的奴隶。我想，即使小强不是在新西兰，而是在别的贫穷落后的国家旅行，也一样可以写出这些惊艳的文字吧，谁叫他这么热爱生活呢！

小强向往纯粹的柏拉图式的爱情。但是，就像他说的："精神恋爱的最大挑战是感情无法落地。"柏拉图式的恋情，适合非同一般的人，我还是比较期待那种可以耳鬓厮磨、朝朝暮暮的小幸福。但我想对小强说，你不会"一生孤独"的，总有一个妹子和你势均力敌、旗鼓相当，愿意和你浪迹天涯、一生相依。坚持做你自己就好了，其他的交给缘分吧！

小强写这本书的目的，如果是为了打开我们的视野、扩大我们的格局，让我们觉得远方并不遥远，那他真的做到了。

我们习惯了朝九晚五、循规蹈矩的生活，虽然时时不满，觉得如行尸走肉一般，但是又无力改变，一天一天地熬着，从刚毕业时的血气方刚，熬到三十多岁的老气横秋，再熬到头发花白。不甘心这样的日子，却又不得不在复印机一样的节奏里，被时光打磨得失去棱角。可是，在这个世界上，还有很多人在过着我们向往的生活，他们也迷茫过、彷徨过，经历过艰难的抉择。但最终，他们遵从了自己的内心。

小强在书中写道："我是一只特立独行的小强。"他一直在为自己的梦想努力，同时，也为我们打开了一扇窗，他让我看到外面世界的精彩，看到远方冉冉升起的太阳。他让我明白，只要你愿意走出去，你就可以和这个美好的世界拥抱。

于是，我们不再安于现状，想着要努力改变：不能这么死气沉沉，不能一直过着养老一般的日子，不能过得没有活力，不能过得连自己都鄙视自己。我们要变得勤奋、变得充实。不管有没有到达向往的彼岸，都要满怀希望、充满激情，这就是小强的处女作带给我的力量。

我摘录过文中很多精彩的句子，句句都说到我的心坎上。比如"我们虽然只是一片黑暗中小小的萤火虫，但依然发挥着自己的光和热""不跳出原有的环境，不改变观念，可能永远都是泥塘里的泥鳅，永远也触摸不到真实的世界""要享受鱼肉的鲜美，需忍受鱼刺对你的折磨""人总是在得到和失去的平衡中不断成长，切勿患得患失""如果你连自己都不认可，没有人会认可你的""人的精神不会因为梦想的实现而改变，你是走是停、变或不变，它就在那里，不近不远，鼓舞着你继续前行。梦想有一天可能会抛弃你，但你的精神不会"。

我始终觉得，这是一本适合任何年龄段的人看的书。如果你是学生，不曾踏出国门、体验国外的生活，你可以在书里和小强一起旅行；如果你身在职场，向往无忧无虑、自由自在，你可以在书里找到异国的风景与气息；如果你年近花甲、阅历丰富，你可以戴上老花镜，看一个年轻人是如何风生水起地浪迹在异国他乡的。

"剧透"一个小强"差点被掰弯了"的故事吧，书中有一篇文章叫《搭车去南岛——搞基之旅》，讲述的是新西兰一个同性恋者向小强表白的故事。

小强在马路边搭顺风车，等了五六分钟后，一个三十多岁的白人把小强捎上了车。上车后，这位帅小伙就开始讲他的各种故事。铺垫得差不多了，他问了一句："Bruce, do you want to try some special things with me?"（小强，你想和我尝试一些特别的事吗？）

小强当然知道他想干吗，但聪明的小强故意试探："Sorry, what's that?"（不好意思，那是什么事？）

司机很直接："I'm a gay, and I like you."（我是同性恋者，我喜欢你。）

小强说："Sorry, I never try it."（对不起，我没试过。）

司机又回了一句："Just try it, it's amazing, it's fantastic!"（就试试嘛！很棒的！）

快到目的地时，这个新西兰人又拿绿卡诱惑他。小强最后有没有经受住诱惑呢？先保密，答案可以在书里找。

搬一句《间隔年在新西兰》里的话做结尾："Never give up yourself, because we are still alive"——请不要放弃你自己，因为我们至少还活着。活着，就意味着希望；活着，就意味着改变的开始。

是的，活着比什么都重要。哪怕流泪、流血，只要还活着，只要还有一口气就有希望，就可以继续一路奔跑，去追寻潜伏在我们心底的梦。

读者：小考拉
2016年11月29日

附录

澳大利亚打工旅行签证申请及工作信息

从2015年起,澳大利亚开始对中国开放打工旅行签证(Work and Holiday Visa,简称WHV),每年分3~4批次共开放5000个名额。每批次名额开放一周前,澳大利亚驻华使领馆官方微博会发布通知。

持有打工旅行签证(属462类型签证),可以在澳大利亚进行为期12个月的工作和旅行,其间可多次往返中澳两国。如果需要学习、参加教育机构培训,不能超过4个月。

(一)澳大利亚打工旅行签证申请攻略

签证持有人在指定地区从事旅游业或农业相关工作3个月,可以申请第二年的打工旅行签证。从2019年7月1日开始,二签持有人在指定区域和行业工作6个月,可以申请第三年的打工旅行签证。

签证申请人需要满足以下条件:

1.递交申请时必须年满18周岁,但未满31周岁,持有有效的中国护照;

2.不携带子女前往澳大利亚;

3.提供本人名下足以支付在澳大利亚打工旅行开销的资金证明(至少5000澳元);

4.在打工旅行结束时有足够资金购买离境(返程或者前往其他国家)机票;

5.没有获得过417类别打工签证赴澳的记录;

6.有高等教育资历证明,或者已完成至少两年的大学本科学习,不分全日制或非全日制;

7.具备英语的基本应用会话能力,例如托福总分达到32分,雅思(A类/G类)总分不低于4.5分,PTE总分在30分以上等。以上考试必须在签证申请递交前12个月内参加并取得合格成绩;

8.满足品行和健康要求,需要提供相关无犯罪记录证明和体检证明。

申请步骤分为三步:第一步,预约名额;第二步,准备签证材料;第三步,递交签证材料。

第一步,在线预约:

1.在指定名额开放日进行在线预约,网站链接为

http://www.vfsglobal.cn/australia/china/schedule_an_appointment.html;

2.点击"预约";

3.选择签证中心;

4.选择签证类别——Work and Holiday Visa;

5.填写邮箱地址,设置账号登录密码;

6.填写个人信息;

7.选择递交材料的日期和时间；

8.填写动态密码；

9.邮箱会收到一封邮件，打开附件PDF，将对应的数字填入网页，然后点击"提交"；

10.若以上步骤操作成功，网页会自动弹出一封预约信，邮箱也会收到一份。

第二步，准备签证材料：

1.打工旅行签证申请表，下载链接为

http://www.border.gov.au/Forms/Documents/1208.pdf；

2.家庭成员表，下载链接为

http://www.border.gov.au/Forms/Documents/54.pdf；

3.打印好的预约确认信；

4.护照首页彩色复印件；

5.首次赴澳需提供护照底页，所有贴签页、盖章或有签字的护照页彩色复印件；

6.家庭户口本彩色复印件；

7.身份证彩色复印件；

8.两张护照照片；

9.中英文简历；

10.银行流水（至少5000澳元存款，能负担在澳大利亚12个月的开销）；

11.高等教育学历成绩单公证件；

12.高等教育学历毕业证书公证件；

13.雅思总分4.5分以上的英文成绩单等英语能力证明；

14.健康体检，指定体检医院名单链接为

http://china.embassy.gov.au/bjngchinese/DIMAcn42.html。

第三步，递交材料：

按照在线预约的日期和签证中心地址，由本人当面递交签证材料，并交纳签证费450澳元（按实际汇率交纳人民币）。签证中心在一个月内会通过邮箱发送下签信。

上交的材料若属实，均可以正常下签。若被拒签，462类别不能申诉，但不会影响下一次的名额申请。

（二）澳大利亚招工信息

1. 招工渠道

在澳大利亚找工作，一是网投，二是"扫街"（沿街投递），三是朋友介绍。

网投的网站为Gumtree和Seek，多数简历会石沉大海，原因一是国内的小伙伴们没有相应的澳大利亚行业执照，二是专业英语水平不行，三是招聘信息更新和回复缓慢。

"扫街"，适用于在当地招工的旺季。带着简历一家店一家店地去问，能否应聘成功要靠努力和运气。

朋友介绍往往是最靠谱的找工作途径，要么是国际背包客的介绍，要么是当地人的介绍。你的社交能力在此时就显得尤为重要，一是通过国际青年旅舍（YHA）和共享公寓（Share House）认识国际背包客；二是通过教堂认识当地人。

2.常见工种

打工旅行者大多从事与农业和旅游业相关的工作,一是方便集二签和三签,二是两类行业的招工人数较多,北领地和昆士兰往往是最佳选择。

农业类招工多为采摘工和包装工,对英语水平有限的小伙伴是个不错的选择;旅游业招工多为餐厅服务员、后厨帮手、酒店前台、客房服务员和船员。

国内的小伙伴们一般很难应聘成功办公室类的工作,一是因为要有专业的英语水平,二是因为WHV不允许为同一个雇主工作超过6个月(自2019年7月1日起可为同一雇主工作12个月),一般雇主不愿多花精力对其进行培训。

常见的工种还有按摩师、咖啡师等,但无论哪个工种,都会有两个基本的要求,一是英语能自由表达,二是有车和驾照。出国前最好考取中国驾照,并翻译成国际驾照。澳大利亚公交系统不发达,每个成年人几乎都有车,加之二手车价钱便宜,有车往往也是找工作的刚性需求。

3.部分招工信息

① 大堡礁船员

船员工作投简历方式分网投和现场投。我所在的那家公司名为Great Adventure,只接受网投形式,而其他的船公司有Sunlover和Reef Magic,大部分接受现场投,也就是直接去码头换票的地方投简历。

- Great Adventure网址:https://www.quicksilvergroup.com.au/careers.htm
- 船员工作要求:

英语好;有酒牌(Responsible Service of Alcohol,简称RSA);最好能连续工作6个月;最好有客户服务经验。

- 时薪:前3个月21.9澳元,3个月后小幅增长。

- 工时：平均一周3~4天，忙时一周可以上7天班。

——Bella

② 北领地超市工作

超市位于北领地东部一个原住民小镇博罗卢拉（Borroloola），距离达尔文约1000公里，在这里既能体验原住民文化，又可以集二签。一周工作至少48小时，时薪20澳元，周末会经常加班，加班费是双倍时薪，还有一个星期的带薪休假，包吃住、水电，包达尔文往返小镇的机票。英文程度要求中等以上，而且必须做满半年。没有无线网，手机服务商必须选用澳大利亚电信。

- 职位要求：

收银（cashier）——女生优先，主要工作是清理货架、收银、看小偷。

帮厨（kitchen hand）——女生优先，主要做主厨的助手工作，比如切菜、洗碗，还有外带食物的销售。

仓库管理员（stock man）——男壮丁，必须有驾照，主要做好仓库的货物管理、店铺日常用品的补货。

- 地址：585 Robinson Road,Borroloolatown,Northern Territory
- 邮箱：heather@thnortherntrading.com.au
- 电话：0429091390（老板Heather）
- 到达方式：须从达尔文坐飞机到达Mac Arthur River机场，飞行时间是1小时15分钟，票价在250澳元左右；然后再飞到博罗卢拉机场，飞行时间是1小时10分钟，票价在100澳元左右。

——Wing Laam

③ 悉尼餐厅服务员

- 店名：余香火锅
- 时薪：试工期间15～18澳元不等，试工结束后按最低工资计薪，正常上税。
- 工作：较为辛苦，但是可以自由选择排班时间，灵活性较大，全职、兼职均可。因为员工流动性大，一般上店咨询工作即可。上班时间为11:00—15:00，18:00—23:00。
- 福利：老板很和蔼，好说话，为上班员工提供午餐和晚餐；朋友过来打9折，人均消费60～70澳元。
- 地址：Dixon Street , Haymarket , SYD, NSW
- 联系电话：61280659932

——丁少

④ 昆士兰香蕉厂Howe Farm

Howe Farm位于澳大利亚东北部的马里巴（Mareeba），一共有4个厂和1个植物园。水果种类有香蕉、牛油果及蓝莓，常年有工作。工时每周38小时，时薪为22澳元。

- 农场地址：1687 Chewko Rd, Walkamin QLD 4872
- 电话：0740933660
- 邮箱：admin@howefarms.com
- 到达方式：可从凯恩斯乘坐巴士前往马里巴，车程1小时，车费20澳元；如果获得上工资格，每天都会有厂内巴士接送，即便不会开车也能顺利上班。

——Jo Jo

⑤ 维多利亚州巴拉腊特市（Ballarat）按摩师

- 店名：Song Chinese Massage

老板和同事都很友好，没经验可以免费培训，待遇按50%提成，平均每天收入100~200澳元不等。

- 地址：6 Bridge Mall Ballarat；41 Little Bridge Street Ballarat
- 福利：有按摩证可以做雇主担保
- 联系方式：0430137039（David）

——Ruby

⑥ 西澳小镇卡那封（Carnarvon）客房服务

- 时间：旺季5—9月
- 地点：Coral Coast Tourist Park
- 时薪：21.83澳元
- 周边住宿推荐：Jonty（电话为0423959008），房租每周100~120澳元

——见贤思齐

⑦ 昆士兰中文导览员

- 地点：帕罗尼拉公园（Paronella Park，天空之城）
- 网址：http://www.paronellapark.com.au/
- 电话：0740650000
- 邮箱：info@paronellapark.com.au
- 时薪和工时：白工时薪；一周工作5天，工时25~35小时；公园提供住宿，每周65~100澳元不等。

- 中文导览每半年会有一位空缺，在Facebook中文网站公布，会粤语和做咖啡是加分项。

——Bella

⑧ 打工换宿

常用网站：Helpx和Wwoof

- Helpx偏向普通家庭，Wwoof则是有机农场。

想体验地道当地人生活的，建议选择Helpx，网址为http://helpx.net，分付费会员和非会员。网站有各个国家的宿主提供的换宿机会，宿主的联系方式只有会员才可以看到，会员费是两年29美元。

- Wwoof是世界有机农场机会组织，网址为http://wwoof.net，主要集中在澳大利亚、新西兰等国家。

——雪姨

以上招工信息收集于2018年10月前，由在澳打工旅行的网友提供。

本图书由北京出版集团有限责任公司依据与京版梅尔杜蒙（北京）文化传媒有限公司协议授权出版。

This book is published by Beijing Publishing Group Co. Ltd. (BPG) under the arrangement with BPG MAIRDUMONT Media Ltd. (BPG MD).

京版梅尔杜蒙（北京）文化传媒有限公司是由中方出版单位北京出版集团有限责任公司与德方出版单位梅尔杜蒙国际控股有限公司共同设立的中外合资公司。公司致力于成为最好的旅游内容提供者，在中国市场开展了图书出版、数字信息服务和线下服务三大业务。

BPG MD is a joint venture established by Chinese publisher BPG and German publisher MAIRDUMONT GmbH & Co. KG. The company aims to be the best travel content provider in China and creates book publications, digital information and offline services for the Chinese market.

北京出版集团有限责任公司是北京市属最大的综合性出版机构，前身为1948年成立的北平大众书店。经过数十年的发展，北京出版集团现已发展成为拥有多家专业出版社、杂志社和十余家子公司的大型国有文化企业。

Beijing Publishing Group Co. Ltd. is the largest municipal publishing house in Beijing, established in 1948, formerly known as Beijing Public Bookstore. After decades of development, BPG now owns a number of book and magazine publishing houses and holds more than 10 subsidiaries of state-owned cultural enterprises.

德国梅尔杜蒙国际控股有限公司成立于1948年，致力于旅游信息服务业。这一家族式出版企业始终坚持关注新世界及文化的发现和探索。作为欧洲旅游信息服务的市场领导者，梅尔杜蒙公司提供丰富的旅游指南、地图、旅游门户网站、App应用程序以及其他相关旅游服务；拥有Marco Polo、DUMONT、Baedeker等诸多市场领先的旅游信息品牌。

MAIRDUMONT GmbH & Co. KG was founded in 1948 in Germany with the passion for travelling. Discovering the world and exploring new countries and cultures has since been the focus of the still family owned publishing group. As the market leader in Europe for travel information it offers a large portfolio of travel guides, maps, travel and mobility portals, Apps as well as other touristic services. Its market leading travel information brands include Marco Polo, DUMONT, and Baedeker.

DUMONT 是德国科隆梅尔杜蒙国际控股有限公司所有的注册商标。
DUMONT is the registered trademark of Mediengruppe DuMont Schauberg, Cologne, Germany.

杜蒙·阅途 是京版梅尔杜蒙（北京）文化传媒有限公司所有的注册商标。
杜蒙·阅途 is the registered trademark of BPG MAIRDUMONT Media Ltd. (Beijing).

行者小强 / 澳大利亚打工旅行纪录片

敬请期待……